止於至善
存一點光明在心中

簡墨——編著

純文學作家×書法家×藝文評論家
能詩能文的全方位才女——簡墨

清新淡然的文筆，敏銳而悲憫的眼光
面對紛紛擾擾的人間，你可以有更加詩意的生活態度。

目錄

第一章　孝種福田

父母是我們永遠要感恩的人……012
大自然中得來的感動……012
盡孝要趁早……015
孝順是天理，最大的孝順就是讓父母開心和自豪……020
不感恩父母，在哪裡都不對……024
寵溺是在葬送孩子的未來……026

第二章　止於至善

我們去看一棵樹……030
每個人的身體裡都有一個唱詩班……033
懷抱美玉……037

目錄

和「德」字在一起的，大都是些同樣好的好字……038
有德無才難成事，有才無德卻可做壞事，做大壞事……041
道德的目的應是讓人過上幸福生活……043
好德行即養生……046
教養叫人安詳，長智慧……048
善良……053

第三章　自勝者強

沒人見的時候也誠實由此發現自己的美好……058
自律是成功的奠基石……060
管住自己不去做不應做卻很想做的事情……064
自律的本質……066
自律的切口……070

第四章　無用之用

讀書和不讀書是截然不同的兩種人生……074
文學的無用之用……075
不要輕易去跟流行，甚至要遠離……079
要「踏雪尋梅」，不要「踏雪尋皮」……081
讀笨書與笨讀書……084
無意中我們荒廢的時間太多了……087
還有哪天，你能比今天更年輕一些呢？……090
永遠不要說你已經盡力了……092
怎麼讓自己的熱情一直持續下去……094
同樣感恩對我們不好的人……096
練就一顆強大的心……099
帶傷的船和樹……103

目錄

第五章　物我相安

謙卑有福，驕橫至禍……108
內向的人不必自卑……112
靜心……115
自信的種子……119
人生是一次又一次的出發……121
創造之樂……123
信任之一……125
不要討厭別人，找人家的優點……126
知止……127
保持安詳……129
你會說話嗎……131
意趣都從天真來……134
多麼難的「生歡喜心」……139

歡喜力……142
慈悲……144
接納自己……145
看淡與成就並不矛盾……148
不要「我的」……151
平常事……153
與貪欲溝通、交流和較量……154
煩惱的益處……157
這也是老天爺一番教訓……161
修行……164
回到中庸……167
信任之二……172
望著光明，你就在光明裡……173
存一點神祕在心中……175

目錄

敬畏萬物……177
關於死……178
人不占有什麼東西，而擁有許多東西……183

第六章　面壁十年

寫作最終是通向慈悲的……188
用古雅氣質的語言講述東方傳統藝術……196
一條路．一頭「象」……203
簡墨談自己的作品……210
轟隆隆的戰車朝前開……216
文學藝術給了我們什麼（一）……225
文學藝術給了我們什麼（二）……238
寫景散文的難與易……245
笨拙……259
我們為什麼要紀念李清照……267

倒空和裝進……270
古典文化的詩性解讀……278
天真自然是吾師……284
用「尋根之旅」抗擊「精神鴉片」……290

第一章　孝種福田

父母是我們永遠要感恩的人

中國現存最早的漢字文獻資料殷商甲骨卜辭中的「孝」字，反映出中華民族極為重視孝的觀念。《說文解字》如此解釋篆體「孝」字：「善事父母者。從老省，從子，子承老也。」看這個字的結構，是「老」在上，「子」在下，是子女將父母頂在頭上的意思。孝字寫的就是老人與子女的關係。

大自然中得來的感動

春天到了，萬物開始活動。柳枝紫銅色小嘴吐出鵝黃色的小舌，小鳥唱出銀光閃閃的歌，地下的蟲子醒了，湖上的漣漪也柔綠地晃起來。

一隻鴨子在湖面上游著，看不見牠划水的小腳，像隻玩具鴨在水面上漂浮，似乎毫不費力。

她的背上安坐著兩隻小鴨。她不時扭頭，想用嘴巴觸觸孩子，因為脖子短，哪次都搆不到。可還是反覆做著這個動作。

她的半個身子都在水下。她的慈祥是為人母親才有的。

我們更看到過無數次這樣的情景或影劇情節：一隻大燕子外出覓食，小燕子窩在巢裡。大燕子一回來，所有的小燕子都伸出頭來，嘴張得大大的，能看見黃黃的口腔……大燕子一旦飛走，瞬間恢復寧靜。一回返，又是這番景象。那隻大燕子似乎從不吃飯，似乎只為孩子們活著。

我們還聽說過「烏鴉反哺」、「羔羊跪乳」的故事。老烏鴉把小烏鴉養大後會掉毛而不能飛行，此時小烏鴉會到處覓食餵養老烏鴉，直到牠重新長出羽毛。烏鴉是又黑又醜的鳥。然而，就像對待麻雀一樣，人們該為這種鳥兒平反。烏鴉是一種通體烏黑、面貌醜陋的鳥，因為人們覺得牠不吉利而招致厭惡；但正是這種遭人嫌惡，登不了大雅之堂、入不了水墨丹青的鳥，擁有真正值得人類普遍稱道的美德：據說這種鳥在母親的哺育下長大後，當母親年老體衰，雙目失明飛不動的時候，它的子女就四處去尋找可口的食物，銜回來嘴對嘴地餵給老烏鴉，並且從不感到厭煩。這種奉養會一直到老烏鴉臨終，再也吃不下東西為止。

我們或許沒有見過，但《本草綱目・禽部》就有記載：「慈烏：此鳥初生，母哺六十日，長則反哺六十日。」大意是說，小烏鴉長大以後，老烏鴉不能飛了，不能自己

找食物了，小烏鴉會反過來找食物餵養它的母親。裡頭有文人的過度解釋嗎？也許有，但基本的事實應該是正確的。最近幾年在國外動物學家的研究中，在觀察群體生活的烏鴉時，確實有這種「養老」和相互救助的行為出現，而其他群居鳥類卻沒有這種情況。由此可見，烏鴉反哺很可能是古代中國人在對日常現象的詳細觀察中所發現的，特有的、獨立於其他鳥類的一種社會性行為。「二十四孝」中的閔損，他對繼母的孝，就如同對待自己的親生母親一樣，繼母那樣虐待他，他不但沒有怨言，還能做到「父母呼，應勿緩；父母命，行勿懶；父母教，須敬聽；父母責，須順承」。

就像此類故事似乎落後於時代，常被人曲解和不屑一樣，孝這個重要無比的字也常常被人拋在腦後。

想起父母，他們常常如同大象——那些沉默而溫順的物種，食草、忍辱負重、卑微無聲——母親是多麼的不易，從懷胎到生產要受多大的罪，再把我們養育到大。先不說在我們身上花費多少錢、花費多少心血，我想沒有做過母親的人，都無法對那樣的辛勞感同身受。但是我們都對父母做了什麼？從小跟他們頂嘴，讓他們傷心；更有甚者，長大成家之後，就將父母看成了可有可無的人，只憐惜妻子、疼愛自己的孩子，到父母老了，還捨不得拿錢讓他們看病。

子幼母辛勤，天下萬物，皆得母養育。我們到什麼時候也不應忘記這一點。孝是美好事物的發源。而生命，總是經由美好帶來喜悅與尊嚴。

盡孝要趁早

每個人生下來就面臨著一個問題：將來如何對待自己的父母？有的孩子很幸運，長輩高壽，他（她）一直享受著照顧雙親的幸福；有的孩子則不然，因為人生無常。這些都是我們不能掌控的。

可以把握的是：在力所能及的情況下，在盡可能長的時間裡，以最好的態度對待雙親，以及更年長的祖輩，不做讓老人心裡不安的事。這就是孝。

「百善孝為先」，這是最基本的倫理道德，也是最珍貴的品格。日常生活中，我們常常聽到：「如果這個人不孝敬他的父母，那麼就不可結交為朋友。」這句話流傳很廣，想來是可靠的。

《詩經》中有首〈蓼莪〉：

蓼蓼者莪，匪莪伊蒿。哀哀父母，生我劬勞。
蓼蓼者莪，匪莪伊蔚。哀哀父母，生我勞瘁。
瓶之罄矣，維罍之恥。鮮民之生，不如死之久矣。無父何怙，無母何恃。出則銜恤，入則靡至。
父兮生我，母兮鞠我。拊我畜我，長我育我。顧我復我，出入腹我。欲報之德，昊天罔極。
南山烈烈，飄風發發。民莫不穀，我獨何害。南山律律，飄風弗弗。民莫不穀，我獨不卒。

大意是：

「那高大的植物是莪蒿吧，不是莪蒿，是青蒿。可憐的父母親啊！為了生養我受盡勞苦。

那高大的植物是莪蒿吧，不是莪蒿，是牡蔚，可憐的父母親啊！為了生養我積勞成疾。

小瓶的酒倒光了，是大酒罈的恥辱。孤苦伶仃的人活著，還不如早些死去的好。沒了父親，我依靠誰？沒了母親，我仰賴誰？出門在外，心懷憂傷；踏進家門，魂不守舍。

父母親啊！您生養了我，撫慰我、養育我、拉拔我、庇護我，不厭其煩地照顧我，時時刻刻懷抱著我。想要報答您的恩德，而您的恩德就像天一樣的浩瀚無邊！南山高聳，暴風頻起，人們沒有不過好日子的，為何只有我遭受不幸！南山巍峨，暴風淒厲。人們沒有不幸福的，為何只有我不得終養父母！」

這一首是孩子悼念父母的詩。詩人痛惜父母辛辛苦苦養育了他，而他卻不能報恩德於萬一。

藏地有一句話：「母心如水，子心如石。」母親對子女的心一直是柔軟的，即便到了七八十歲也還是牽掛和疼愛子女；而子女的心卻冷硬，覺得父母無所謂。還有一句慘痛的關於孝道的俗語：叫「子欲養而親不待」，孝敬父母也是要趁早的，比其他一切都更來得急迫。因為子女孝養父母的時間每一天都是遞減的，眼看著父母頭髮白了、病了。就算身體好好的，也開始眼花、耳背，也不太能走長路了。

兩千五百多年前的一天，孔子率領自己的一大群弟子在道路上行走，看見有人在路邊哭泣，氣堵喉噎，非常傷心。孔子受到感染，也有些疑惑，便下車前去詢問，弟子當然都跟著。孔子認識此人，名叫皋魚，便問他為何如此。皋魚說道：「我錯失了三次盡孝的機會，少年時求學在外，遊歷諸國，為追求富貴而把孝敬父母雙親的事放在後面，這是第一失；我只顧追求高尚的理想而盡心盡力為國君效力，而沒有花時間去侍奉我的

雙親，這是第二失；和朋友交往密切而疏忽要陪伴我的雙親，這是第三失。如今父母親都離我而去，我想盡一點孝心也不可能了。樹想要靜止下來，可風卻不停地吹；子女想要贍養盡孝，而親人卻不能等待。逝去便無法追回的是歲月時光，失去便不可再見面的是雙親。我實在後悔傷心而不想活了，只求從現在開始就離開人世。」說完，悲痛而死。

孔子見狀，對弟子們教誨道：「你們應該引以為戒，牢牢記住這其中的道理。」於是，孔子的弟子們告辭老師回家奉養親人的便有十三個人。

孔子可能是最受感動的人，孔子想要盡孝，可是沒有機會。孔子三歲時父親便死了，十七歲時母親也過世。但孔子年少時就是出名的孝子，一直努力分擔母親的辛勞而不讓母親操一點心。

這則故事出自《韓詩外傳》，作者是西漢前期的韓嬰，具有一定的可信度。皋魚的話對我們有很大的啟示。人人都有父母，只有小說中的孫悟空才是石縫裡蹦出來的，人最應該報答恩情的便是父母。而父母的壽命長短又是很難預知的。孝敬父母就應該儘早及時。

追求事業、追求理想也是人生所必須，但這樣就勢必會產生衝突，所以我們在現實生活中就要注意處理好兩者之間的關係。不能以各種藉口推脫、不孝敬老人，要用心去關愛父母。生活上盡心贍養，精神上真心關懷。不要等老人去世後再追悔，又是嚎啕大哭，又是大肆舉喪，這些實際上都不如生前盡孝。只要沒有遺憾，沒有後悔，「盡心焉耳矣」，便足夠了。

「死後拜豬頭，不如在生一粒豆」是先民譏刺那些假裝孝道的人的俗諺，但很精妙。皋魚之哭，諺語之諷，其實都是一個道理。

孔子說：「父母之年，不可不知也。一則以喜，一則以懼。」大意是：「父母的年齡，是不可以不知道的，一是高興歡喜，一是憂慮恐懼。」

這是強調要培養子女的孝心。要求子女時時記住父母的年齡，因父母高壽健在而歡喜，同時也因為逐漸衰老而憂慮。孝順是要在具體行動上表現出來的。這種感情有影響和薰陶的作用。如果自己不孝敬長輩，那麼也會影響到自己的後代，老了以後很難被後代孝敬。

孝順是天理，最大的孝順就是讓父母開心和自豪

孩子一生下來就在父母的懷抱裡成長，父母不僅給予子女充足的食物，遺傳他們生理基因，也是塑造其人格、思考方式、行為習慣，價值觀等等的第一人。因此子女孝順他們是天理，不可違背。

東漢有個叫黃香的人，以孝聞名。他九歲時母親去世，從此他更細心地照顧父親，一人包攬了所有的家務事。冬天，他害怕父親著涼，就先鑽進冰冷的被窩裡，用身體溫熱被子後，再扶父親上床睡下。夏天，為了使父親晚上能很快入睡，他每晚都先把蓆子扇涼，再請父親去睡。這是個細節，卻很少有人能做到，所以才世代流傳。

三國時期，有個人叫陸績。他六歲那年，一次到袁術家裡做客，袁術命人端出蜜橘招待他。他沒有吃，而是悄悄藏在懷裡。後來，他向袁術行禮告辭，叩頭時，懷裡滾出了三個蜜橘。袁術大笑道：「你吃了不夠，還要拿呀？他答：「這麼好的蜜橘，我捨不得吃，想拿給母親嘗嘗。」袁術聽了大為驚訝，一個六歲孩子便懂得克制自己、孝敬長輩，實在是難能可貴。

而今，盡孝的最大體現就是好好讀書，好好工作，多長出息。如果一個人雖然會帶食物孝敬父母，整天幫父母溫席、扇扇子，卻不聽父母的話，貪玩偷懶，那麼也不算孝順。父母因為閱歷、人生經驗多，更由於他們愛子女，為了避免子女在人生中走彎路，所以一定會將最有用、最真實的經驗教訓講出來。這個道理往往在子女也為人父母之後才會明白，可那時常常晚了。

我的祖父曾開過炭行，之後公私合營。老人家厚道，一生與錢打交道，因此，留給父親和姑姑的一句話就是：「記住：一輩子都不要碰公家的錢。」父親一生換了多種工作，從藝術文化領域到公務機關，都遵循這句教導，清白廉正。又鄭重地將這句話傳給我們——雖然三個孩子都從事的是與藝文產業有關的工作（哥哥當電臺主持、編輯，我寫作、寫書法，小妹研究司法語言學和英美文學），根本摸不到「公家的錢」，但還是一直牢記這句話，不敢忘懷，並也繼續傳給下一代。父母的言傳身教其實就是家風。代代相傳的一句話，代代子孫記一輩子，影響終生。我們很感激祖父，樹立了這麼踏實誠懇的良好家風。

以前認識一個人，他多年來不與父母往來，僅僅因為他的孩子出生時，父母因為年紀和身體的緣故沒能協助他照顧孩子。這是有罪的。子女非但不該責備父母，就算日常的吃穿用度也不應超過自己的父母——嚴格講，那也是有罪的。兒女小時的屎尿，他們

心裡一點不討厭、忌諱，孩子不會走路父母就抱著；父母老了，身體狀況不佳，帶不動孩子，反遭嫌棄，這是不對的。每個人的身軀從哪裡來？父母生就的。所以，就憑這一點也必須好好侍奉父母。他們年輕力壯時為子女付出太多勞力，膝蓋、心臟啊什麼的都受損了。不感激已經不孝，還記恨父母，真是罪大惡極。

每個人都會長大、變老，倘若孩子從小孝順長者，對長者有禮敬的態度，時時刻刻為長者著想，一般來說命運不會壞到哪兒去。這從佛學上講，是因果；撇開宗教的角度講，其實也很能講通——一個懂得孝順的人，就不自私，不太貪心，順從長幼秩序，明事理，不暴戾行事，自然可避免一些無妄之災。

很多品德高尚、有成就的人，都堪稱至孝，並受益於父母的教導。陶侃是陶淵明的曾祖父，當時活躍於東晉政壇上的他，遠比後人所熟悉的陶淵明要有名氣得多。他與陶淵明的人生態度全然相反：積極、入世、樂觀，有鬥志，面對生命的態度相當務實。據說他在過江東之後，每天公務之餘，就是把一百塊磚頭，從屋外搬到屋裡，再從屋裡搬到屋外，別人問他，他說：害怕自己過分安逸，來日天下統一時，恐怕不能擔當重任。他分外珍惜光陰，對部下飲酒賭博嚴加管束，自已終日勤於吏職，做事相當認真。看見有人摘下農田裡的稻穗把玩，就嚴加懲處。

這和他的母親不無關係。歷史上說這位母親是個沒有社會地位的女人，在三國那個生民流離的時代，不知什麼原因嫁給陶侃父親陶丹為妾。陶丹去世後，她一度窮到無米下炊的地步，以紡織謀生，但卻不斷送陶侃的讀書之路。後來陶侃任官時，有人送給他美味的鮮魚。陶侃因為孝順，就把這魚送給母親。陶母二話沒說就把魚給退了，並修書一封，責子要廉潔奉公。他的確成了史上有名的大清官。陶母的傳奇經歷很像孟母，但卻比孟母多了更多辛酸和大氣。

從他的高尚行為來看，總叫人為這個母親喝采：沒有自身的品格做保證，難以在最艱難的時候堅持做人的氣節，也難以身教孩子。

由此可見，孝順不是單為父母溫席、洗腳，讓父母開心、自豪，是最重要的。

不感恩父母，在哪裡都不對

有時我們譴責青少年不孝時，會覺得西方的父母似乎不須嚴格管教，孩子們卻都很不錯。譬如孩子十八歲以後，父母便不干涉他們的生活等等，相關案例很多。其實不見得是那麼回事，哪裡都有好孩子，哪裡也都有不怎麼好的。

這是一個近年發生在美國紐澤西州的案件。美國新聞媒體報導。自然，也成了人們茶餘飯後討論的話題。

案件不複雜：一名少女將父母告上法庭，她是位高中生，將於今年畢業讀大學。父親是位退休警長。女孩交了男朋友，又不願服從家規。衝突日益加劇，女孩在十八歲時被父母趕出家門，於是寄住在同學家裡。後來她狀告父母，要求法庭強制其父母支付她現階段的學費和生活費，還要支付她將來讀大學的全部費用。

法庭的天平沒有偏向女孩，否決了女孩的要求，父母不用給她高中階段的生活費。輿論都認為，女孩是被寵壞的小孩。就連電視臺播出該新聞時，幾位主持人的神態，也是明明白白寫在臉上：「怎麼有這樣的孩子？」不屑一顧的表情。

在美國，「啃老」是讓人看不起的。因此在這個案件中，女孩沒有得到法律和輿論的偏袒。

在對在案女孩搖頭之餘，更多人在反思，為什麼這女孩被寵壞，又為什麼她會狀告父母？在一個公認孩子相對獨立的國家都發生這樣的事情，我們呢？很多時候，子女會出於各種原因責怪父母。哪知道父母不是用來責怪的，他們給了我們生命——就這一條，萬死也不能報答父母。他們老了，能不生病、好好活著就是我們最大的福氣了。

大概我們很多人都能記得類似的事：你的媽媽或許不愛吃辣，卻因為生活在一群嗜辣的人之中，每餐都得做辣菜；吃飯時只得遠遠避開那些辣菜，只吃一碗白米飯……還有只喜歡吃魚頭的爸爸，只喜歡吃鹹菜的奶奶，只喜歡吃月餅屑、甘蔗尾的爺爺……這個叫人心疼的人，我們應該早早去疼惜他（她），別總在夢裡想起時，涕泗滂沱。

寵溺是在葬送孩子的未來

前陣子，網路論壇有個關於幼兒教養的貼文很火：外婆帶著兩歲的孫子在外面玩，因為孩子不喜歡上公共廁所，就讓孩子直接在公共洗手池裡小便，被旁人罵太髒太噁心後，孩子媽媽發文求安慰，結果遭到所有網友的嚴厲斥責。有人就留言說，這就是在培養新一代的「小霸王」！

以這個家長的立場來說，孩子一進廁所就怕黑，會大哭，她既心痛又無奈。潛意識裡，她認為自己的苦衷應該得到全社會的寬容：小孩子嘛，不懂事，任性了點，討厭公廁也很自然。大人幹嘛和小孩計較？

所以我們總能看到有的孩子在公共場所，對貼著「禁止觸摸」標語的物品上下其手、爬上標有「禁止拍照」的雕塑大擺 POSE 歡快留影、闖入護欄內快樂地嬉戲，而他們的家長就站在旁邊，一臉寵溺地看著——小孩子嘛，不在公德管轄之內。到國外旅遊，這也成為一道「風景」，看到的人嘖嘖稱奇。

通常在家庭內部，我們出於對小孩心智的考慮，會特別寬容他們的行為。很多家長對自己的小孩容忍度都很高，以理解他們的需求、遵從他們的成長規律、尊重他們的自由意志、保護創意、鼓勵探險、放開手讓他們感知世界為由——我們允許他們滾一身泥巴、允許他們踩雨水、允許他們在家裡牆壁上亂塗亂畫、允許他們大哭等等。但是，什麼時候，我們應該堅決地對孩子說「不行」？除了安全的考量，還有一個更重要的，就是不要妨礙他人。

那才是真正的愛孩子，如此教育出來的孩子才具備在社會上生存的能力，才能受人尊重，也才知道要感恩父母。否則，寵子如殺子，被嬌慣長大的孩子不但不懂得知恩圖報，甚至會反撲。近日有個新聞，一名十三歲女孩因痴迷追星被父親砍死，原因是，孩子由於瘋狂追星不去上學，導致家庭衝突不斷。父親限制女兒上網時間，女兒放話：「你算什麼父親，連狗都不如……」並聲稱：「愛明星比愛父母重要」。父親在經歷長期爭吵後，殺死女兒後自殺未遂，知錯後懊悔無法挽回，痛哭稱溺愛導致女兒行為偏差。被寵溺的孩子任性、自私，不為他人考慮，自以為是……不必太多，列舉這麼幾條就夠了——出社會後，沒有人會像父母一樣無限包容，孩子的日子只會過得很痛苦。古代有個故事：一個二十幾歲的囚犯，一直沒斷奶。執行死刑前要求母親再餵他喝一口奶。母親答應了。不料，這個囚犯一口咬傷了母親的乳頭，說，母親，我恨你。

這故事很顯然只是虛構的，版本大同小異，但中心思想都是在強調寵溺之禍。口口聲聲為孩子未來著想的父母們，理應早早規避自己親手葬送孩子的未來那樣的蠢事。

第二章　止於至善

我們去看一棵樹

在草木欣欣向榮的季節裡，我們去看一棵樹。

不需拘泥這棵樹是什麼樹，是棵大樹就可以。

樹冠要足夠大，年齡最好足夠老。

這是一棵還在成長著的樹。它不只是活著，該開花時開花，該長新葉子時長新葉子。

我們見了會感到愉悅——那麼大的樹冠，滿滿的葉子，在樹蔭下，會覺得被照拂。因為它生長的時間足夠久，還有了說不出的神祕氣息，讓人心情平和、安全。

當然，還有面對自然時油然而生的敬畏。

不要說話。安靜地看，安靜地感受。一棵樹的力量和美好都在那裡了。

如果可以的話，去找找這樣的樹——一棵從石縫裡長出來的樹。如果找不到，可以上網搜尋相關圖片。

看看是什麼驚人地使石頭裂開，又是什麼裸露在那裡，像青筋暴凸的用力的手，昭示著它的堅韌。

在樹下，我們一起來聽個故事：

有兩棵長得十分怪異的榆樹，像藤條一般肢體扭曲，但卻頑強地向上挺立。兩樹之間，連著一根七、八公尺長的粗粗的鐵絲，鐵絲的兩端深深嵌進樹幹裡。不，簡直就是直接纏繞在樹裡！呈現兩頭粗、中間細的奇怪形狀。

原來，這是起初人們為了晾晒衣服的方便，有人在兩棵小榆樹之間拉了一根鐵絲。時間一長，樹幹越長越粗，被鐵絲纏繞的部分始終無法掙脫束縛，被勒出了一圈深深的傷痕，兩棵小樹奄奄一息。就在大家都以為這兩棵榆樹再也難以活命的時候，沒想到第二年一場冬雨過去，它們又發出了新芽，而且隨著樹幹逐漸變粗，年復一年，竟生生將緊箍在自己身上的鐵絲「吃」了進去！

樹的力量到底有多大？近年來，英國設計師 Adam Shephard 和工程師 Bill Ballard 合作打造了一款能源收集器，用來收集植物自然成長的力量，並儲存在電池中。設計師簡單解釋了這款植物成長能量收集器的工作原理：「主要是樹木在成長過程中，隨著樹木直徑變大，對收集器傳導壓力。如果能夠在森林每棵樹木上安裝這個設備，就能產生龐大的能源。」

我們可以一起看看大樹的構造：

首先看一株大樹的橫切面，我們能看到年輪——年輪不僅能夠告訴我們它的年齡，而且還能為我們講述氣候好的和壞的年分：寬輪意味著這一年陽光充足雨水充沛，窄輪則告訴我們，這一年的生長情況不佳。年輪上的淺色「早材」是春天長成的，由柔軟、易輸送水分的纖維構成，和它臨界的是毛細管狹窄和深色的「晚材」，是在夏天和秋天長成的，也就是在樹木停止生長的冬季之前。

然後我們看到根——那就如同這棵樹的「創世紀」和「走出埃及」——那幾乎是這棵樹巨大力量的全部供給。它們往往有長過它們身軀幾倍甚至十幾倍的根系，磅礴如同河流的支流，去拚命吸收養分和水分。

在別處講課，我在談這一段時，很多成年人淚流滿面。

那是大樹的根系帶給人的震撼。

品德是類似於根的東西。它也許被深埋地下，看不見；在某些極端的時候裸露在外，高唱理想。它的不可思議的力量，是生出其他力量的源頭。

每個人的身體裡都有一個唱詩班

「種樹者必培其根，種德者必養其心。」說的是種植樹木必須將樹木的根系培養好，修養品德的人必須先培養好自己的心性。這是明代大思想家王守仁《傳習錄》中的話。對於「養心」普遍的理解是：加強道德的自我修養。實際上王陽明講的養心，意謂要守住心性，立志專一，不分神過雜，如同種樹，要砍去雜亂的枝杈一樣。

不信，你看那個「德」字：踏遍「四」海，「一心」一意為造福「十」方世界，才能通「行」於天下。什麼是「德」，一目瞭然。前人真有智慧，造個字都叫人嘆為觀止。

當一個人透過專心「修道」，使自己的精神境界不斷昇華，道德水準不斷提高，他的心已不是以前那個渺小狹窄的心了，他的心在這個過程中日漸寬闊起來。隨著工夫的加深，時間的推進，他的美好情感就會像作家和詩人的靈感一樣，不斷地從心靈深處湧溢而出，這時他的價值觀、人生觀就會發生很大的轉變，他對宇宙、對世界、對人生的認識和感悟已遠遠超出以前的那個「我」。這就是那個「本我」，那個生下來就具有理想主義和浪漫主義的自己。每個人的身體裡都有一個唱詩班。

可能他一樣去工作，也還要吃飯穿衣，但他對功名利祿、榮辱得失看得已經越來越淡，常人的那種怨恨、嫉妒、憂慮、煩惱……在他心中越來越少。他心中充滿的是對生活、對社會、對人類、對宇宙的熱愛和真情。他的心變得宇宙一樣博大寬闊。他接近了一個理想的「我」。而擁有美好品德的人，永遠是這個世界的最好幫助者。

這並不是一個多麼偉大的人才能做到的，只要有心，一般人都可以成長。成長中的人不是完美的人，而修習德行也不是不斷地增加那些本不具有的美好德性，恰恰相反，修行是一個減法，是不斷地減掉虛偽和毒素的過程，這過程也包括對自己的情緒覺察、釋放和超越。超越之後，那些好的東西就都來了。而如果為了看起來像有「美好德行」而偽裝自己，那你非生病不可。美德是自然而然出現或存在的，就像星空。這也就是為什麼我們常常聽說，一個平凡的士兵，在看到有人落水他毫不猶豫跳下去救人；一個普通的母親，在看到幼兒從高樓墜下伸出手及時抱住的原因。美德通常是潛伏的，而非喧譁吵鬧，纖毫畢現。它來得那麼自然，自然得不像是美德，而直接成為生活的一部分。

要想在「德」上出色，成為一個大德之人，還須在其他一些事情上有所不為。

東晉時候，有個名叫吳隱之的官員，他廉潔奉公，清簡勤苦，始終不渝，所食不過是稻米、蔬菜和魚乾，穿的是粗布衣衫，住處的帳帷擺設均交到庫房，有人說他故意裝模作樣，他卻笑而不語，一如既往。部下送魚，每每幫忙剔去魚骨，他非常厭煩這種媚上作風，總是喝斥懲罰後將人趕出門外。

一次，吳隱之的女兒要出嫁。有個叫謝石的將軍，知道吳隱之生活很艱苦，一定不會擺出豐盛的酒席，那樣未免太寒酸了，有失官員的身分，於是就吩咐自己的管家替他辦了幾桌酒席，送到吳隱之家去。管家聽了謝石的吩咐，第二天一大早，就趕到吳隱之家裡，準備把這件事告訴吳隱之，省得吳隱之再費事。誰知那個管家來到吳隱之家門口的時候，只見大門關著，冷冷清清的，一點也不像要辦喜事的樣子。他正在疑惑，忽然大門開了，一個婢女手裡牽著一條狗，從裡面出來。

管家迎上前去，問那個婢女：「呃，你們家辦喜事，怎麼一點動靜也沒有呀？」

婢女皺了皺眉頭，抱怨說：「我們主人也真怪，小姐要出嫁啦，到今天一點也沒有準備。昨天夜裡，主人和夫人盤算了一陣，叫我今天一早，把這條狗牽到市場上去賣掉，換了錢來辦喜事。」

這就是吳隱之賣狗嫁女的故事，講的是節儉，其實是清廉——他「有所不為」的「不為」是不獲取不義之財。現在聽來，似乎很可笑。其實很可悲，悲的是清官窮到賣

狗嫁女；更悲的是，我們就像聽《一千零一夜》那種玄幻故事一樣，對他的境地第一時間湧上腦海的，不是景仰，而是疑惑和不解——他真的節儉到了要賣狗的地步嗎？他為什麼對自己如此苛刻？

我們回望古代，看見的儘是「三年清知縣，十萬雪花銀」，清官都到那種地步，似乎才是正常的。吳隱之的事蹟不在我們熟悉的經驗內，倒像是稗官野史般肆意誇張。疑惑和不解，在這個時代是正常的反應。但如果一個貪官知道了這個故事，突然痛恨自己真是該死，自動上繳贓款不下幾千萬，那麼過而能改，善莫大焉。但我們早不抱什麼指望——抱這樣的指望和聽那樣的故事一樣，都多麼荒唐而遙遠。似乎直到世界末日，這種故事也不可能再次發生了。不論如何，總還有人試圖打破一些局限，與美德同行。孟子曾經說：「存其心，養其性。」意思是保存赤子之心，修養善良之性。我們生來便有一顆赤子之心，潔美如水晶，只是後來沾上了泥垢。有句佛語：「愛出者愛返，福往者福來。」有德有信，為他人奉獻善心，為社會造福，他人和社會必定會厚報於你——雖然你本人不一定以獲得報答為意。

懷抱美玉

不能不說，當代許多人其實都像「假人」一般，靈魂死去，盲目而冷漠地苟活著。毀壞而非積極建設外在世界和內心世界（譬如破壞或掠奪自然、動物、後代子孫的資源，拋棄真善美）。被別人傷害時，反映在臉上的是運河一樣深的皺紋，傷害了別人卻眉頭都不蹙一下；只懂以喉嚨吞嚥飯食，不會用它說些有益的話……人經過多少年的進化才爬到食物鏈的頂端，到二十一世紀卻退化成這副德性，不能不說是自身的悲哀。

人性是一種令人疑竇叢生的存在，有獸性，也有神性；有財利酒色皆我欲的貪婪，也有化作春泥更護花的無私。而隨著暴戾的神出鬼沒，美德的時隱時現，人心中會常有兩種力量對峙，善與惡，勤與惰——若是善取勝，則內心安寧，睡覺踏實；若是惰得勢，便放任自流，一時痛快……就看自己選怎樣的路，來走人間這一遭。因為前者是窄門，所以少人入；但做得不好就像是偽君子。不過在君子和小人之間，也有個程度是人人都可以做到的，就是正派人；可是逆流而上哪有那麼容易呢？一般人只求無愧自心就行了。看看新聞上說，還有七旬老太太靠資源回收捐出幾萬元，供偏鄉孩子上學呢。與這些真正的君子們相比，成為正派人的門檻確實不那麼高。

一個掠奪者和一個奉獻者象徵的意義有天壤之別。儘管很困難，我們都該努力成為懷有品德這塊「美玉」的人。

和「德」字在一起的，大都是些同樣好的好字

和「德」字在一起的，大都是些同樣好的好字：

「美德」——「美」字的上兩點為通意，下面是「王」者的博「大」胸懷。真善為動力才不斷努力改進達到美的融合；「德信」——德是內心堅強寬廣、認真負責、值得信任，這樣的人言為德信；「德高望重」——德有善的含義，加上堅強的承受力，就能承受預知未來的事情。

我們不願意聽到「缺德」——對事情的認知片面，不堅強而扭曲的靈魂所做的行為。見到路邊老人跌倒不扶，也屬於這一種吧。看起來是件小事，可是「勿以善小而不為，勿以惡小而為之」，畢竟生活其實就是由這些小事堆積形成的。更重要的是，這些小善和小惡會成為日後那些大善和大惡的基礎。

俄羅斯作家康斯坦丁・帕烏斯托夫斯基（Konstantin Paustovsky）《金薔薇》中講述了一個動人的故事：善良的退伍軍人夏米，相貌醜陋，以清理作坊垃圾為生。一天，他遇見了早年照料過的一位女孩蘇珊娜。蘇珊娜因為失戀，正準備從橋上跳下去。夏米伸出援手，將蘇珊娜接到自己的家裡。蘇珊娜修復了心傷後被她的男友接走，而夏米卻被一種溫柔的情感折磨著，他自卑、怯懦、羞愧……他暗暗祈願女孩能遇到真愛，並冒出一個念頭——送一朵傳說中能帶來幸福的「金薔薇」給她。從此，每天夜裡，夏米都背著一個巨大的垃圾袋回家，裡面裝著從首飾作坊裡掃來的塵土，他不停地篩著塵土，直到他見到稀少的金粉……金粉日積月累，終於鑄成了一塊金錠，夏米請一位老工匠將它打造成一朵金薔薇。當然，故事的結局有點憂傷。當薔薇花終於打成的時候，夏米才得知蘇珊娜已在一年前去了異國，且沒有留下任何地址。夏米在憂傷和孤獨中去世。

這個帶有隱喻性的故事給我留下很深的印象。我一直認為，小善的意義，正如同故事中的老兵在不斷地積聚珍貴的金粉，終有一天，一朵金薔薇會從塵土中誕生。那就是大德。

說一件小事：夏日炎炎，很多地方的高中生在畢業考試結束後，滿臉通紅地砸椅子、撕教材、備考資料，到處是漫天紛飛的書頁筆記。而在日本的某些學校，學生畢業前會做這些事情：

‧將課桌椅清洗乾淨，留給學弟學妹使用。

‧將老師抬上神轎，把老師當作「神」巡遊校園一圈，以謝師恩。

‧手洗廁所，把乾淨的廁所和愛護學校環境的古老傳統，傳承給學弟學妹們。

小惡和小善，這兩種做法的對比，是不是能說明一點什麼？

其實要獲得好的德行也很簡單：如果當一個賣食品的小販，人家都用地溝油，你不用；如果當一個開工廠的老闆，人家都偷工減料生產瑕疵品，你堅持品質，不願意同流合汙……大家都貪圖方便，而你選擇做一點小小的堅持，這就叫有好德行了吧。我們來到這個世界上，不是為了適應世界的惡，而是為了改變世界的——要讓這個世界變得更好，而不是去適應它壞的部分。

還是繼續對人性抱有希望吧。看看近年來，發生了這麼多的意外事件，所有這一切都讓我們意想不到——有天災也有人禍，在這些災難面前，生命顯得如此脆弱，可是其中出現了多少無私伸出援手的事情和場景！很多人匿名捐款捐物資，盡己所能。有許多人默默救助，悄然離去，如晨星隱去，使我們能停止詛咒黑暗，轉而點起蠟燭，接續那些微末星光的光亮。

有德無才難成事，有才無德卻可做壞事，做大壞事

一則舊聞：二〇〇九年十月，在河邊郊遊的大學一年級學生，發現兩名在溪中淺水區戲水的少年被溪流捲離後，三、四名同學從不同的方向跳入河水湍急的溪中救人，其他不會游泳的十多名男女學生手拉著手涉水組成「人鏈」協助。兩名落水少年得救了，卻有三位大學生獻出了寶貴的生命。

我們有時會批評當今人們缺乏美德，轉念想來也要心存希望——不是還有那樣的「傻子」麼？為了別人獻出生命也在所不惜。至於日常生活中，叫人心存希望的小事就更多了。譬如運鈔車發生意外，無數紙鈔灑落在大街上，這時候路過的第一個人怎麼做就很重要。如果他開始搶灑落的錢，可能後面的人也跟著搶；如果第一個人幫忙撿錢，後面的人也可能同樣會幫忙。人們的惻隱之心——也就是正義感，還是存在的，只是因為各種原因有時可能比較微弱，或者沒有合適的表現時機。如果法律不支持見義勇為的人，就可能會壓抑人們的善意，但這些善意是在人心裡的，且在大多數人中普遍存在。

德有時竟以不可思議的面目出現——近日一則〈少年騎車撞死老人死者家屬怕其受影響隱瞞死訊〉的新聞感動了許多人：二〇一四年七月，一名十二歲的男孩騎車撞

倒一位老人致其身亡。老人的子女從外地趕來，將老人埋葬後離開，沒追究任何責任。離別前，他們還叮囑孩子的母親，不要把老人的死訊告訴孩子，畢竟孩子以後的路還很長，就說老爺爺去很遠的地方治療了。家屬聽完跪地淚流不止。雖然他們自己因為過分悲痛，不願接受任何一家的媒體採訪，但消息還是不脛而走。這是深明大義，叫人望而生敬的神明一般的大德。

《箴言》上說：「恨，能挑起爭端；愛，能遮掩一切過錯。」大德如同甘露和日光，負責滋潤和開啟；而大德下的一切，終將恍然覺醒。

有德無才難成事，有才無德卻可做壞事，甚至釀成大禍。德並不是高高在上的一個字，日常生活中，小善遍及，大德就隱現。

道德的目的應是讓人過上幸福生活

道德作為調解人與自然、人與人的關係的行為規範，存在於人們的日常生活中。道德本身不是目的，道德的目的應是讓人過上幸福生活。

有本好看的童話叫《綠野仙蹤》，裡面有這樣一段對話：

稻草人說：「我頭腦裡塞滿了稻草，你瞧，這就是我到奧茲國來追求腦子的理由。」

「噢！明白了！」錫樵夫說，「但腦子畢竟不是世界上最好的東西。」

「你還有更好的嗎？」稻草人問。

「沒有，我腦袋很空，」錫樵夫回答，「但我曾經有過腦子和一顆心。以我來說，我寧可要一顆心。」

稻草人卻說：「我寧願要腦子而不要心。因為傻瓜即使有一顆心，也不知道要它來幹什麼。」

樵夫：「我卻願意要心，因為腦子不會使人幸福，而幸福是世界上最好的東西。」

什麼是稻草人和樵夫對話中的腦子和心？它們顯然不是指稱生理上的頭腦和心臟，而是隱喻：腦子喻指人類所具有的理性思維，心喻指各種非理性的情感、態度、願望等

等。我們認為，教育不僅要發展人的腦子，或許更為重要的是化育人的心靈。生活也是這樣，最關鍵的是要有可以指引幸福到來的那種東西，就是心——要誠實、真摯、無私、負責……這都是心、而不是腦子的職責所在。

我喜歡那些人身上的力量，透過一些簡單的話語和默默不語的行動散發出來，好像渾身發著光。心地柔軟的人看到他們，都會感動落淚——他們彷彿什麼都不做，就可以給予，以他們的存在。

亞當．斯密（Adam Smith）在《道德情操論》中講了一個故事：

伊庇魯斯國王向其親信列舉了自己打算進行的征服之舉。當他列舉到最後一項的時候，這個親信問道：「陛下打算接下去做什麼呢？」國王說：「那時打算跟朋友們一起分享快樂，並成為好酒友。」這個親信接著問道：「那麼現在有什麼東西妨礙陛下這樣做呢？」

這個故事耐人尋味：一、財富的增加不會帶來幸福感的增強，維持最低限度的生存的窮人所獲得的幸福不見得比富人少。二、幸福就在當下，不必為了遙遠的幸福而犧牲當下的幸福。

亞當·斯密說：「為了獲得這種令人羨慕的境遇，追求財富的人們時常放棄通往美德的道德感。不幸的是，通往美德的道路和通往財富的道路兩者的方向有時截然相反。」遺憾的是，很多人搞錯了財富和美德的位置——本末倒置了。財富大大增加了，不幸福的人卻多起來。「君子多思不若養志，多言不若守靜，多才不若蓄德」，這一度是儒道兼修的大學者曾國藩的人生信條，久已失傳——不要說三條兼備，你看養志的人、守靜的人、蓄德的人，各自符合其中一條的人又有幾個？

其實，那些道理都是生命中甘美的食糧，理應在生命中消化。我們也理應如同嬰孩渴慕奶、小草渴慕陽光一樣，去接收和吸納，從而強壯、堅定心志，走路不搖不晃，播撒芬芳。如此要求自己，縱做不成美玉，也不至路人掩鼻。

好德行即養生

善良，是人的一種同情、慈愛、友善之心以及欲幫助別人、與人和睦相處的願望。

在沒有其他因素影響的條件下，人的本性是善良的，不會輕易地去傷害周圍的人或物，而且會盡其所能地提供幫助和關愛。當我們偶然去到那些民風純樸的偏遠地區，那些遠離物質誘惑的人，對外來陌生人的熱情、好客和友善，彷彿使人感到置身於另一世界。都市中有時連問路都無人願意回應你，而這些純樸的人卻樂於提供幫助，彰顯人初始的、本能的品行。

人們愛鳥、魚、蟲及花、木、草藤，並常自覺地予以保護和飼養，說明人們不僅對自身是友善的，而且對所有的生命體都是友善的，甚至包括無生命的物體。原則上，人只有在自身的生存或利益受到威脅或影響時，才會傷及他人或他物。而今遍地橫行的「叢林法則」卻處處出現在人與人之間。

就算產生傷害了，人與人之間也應以德報怨。以怨報怨，怨永無窮盡，還變本加厲增長起來。心積舊怨，何談養生？怕是對自己十分有害。古語「殺人一千，自損八百」，說的就是這個道理。華人自古以來講究禮義廉恥，可近些年來一些惡意、怨氣不斷湧現。做君子，怕吃虧；做小人，心不甘，教孩子為人之道都成為兩難之事。有一天，聞聽窗外一母親送兒子上幼稚園，囑咐道：「兒子，記住了，有小朋友打你，你就打他；人家沒打你，可千萬別打人家啊！」這話聽聽似乎不錯，其實處理方式是不甚妥當的——「打」不是解決之道，是暴力，不可從小教孩子以暴制暴，以怨報怨。可見不懂善的大道理，不僅自己深受其害，也貽害後代。在這個問題上，我比較贊同我家小妹：因為我們的孩子都比較善良，我也曾有過此類顧慮，說他們已經那樣溫順了，我們就不要再強調教他善良了，以後過分善良到社會上吃虧怎麼辦？我家小妹很嚴肅認真，說是教導正直善良哪有「過度」之說？很多不善的價值觀和事情他們頻繁接觸，需要擔心的是孩子被同化。就算現在不講究「三好學生」了，可家長心裡還是該將「品德好」放在第一位，因為品德好壞對孩子的一生影響太大了。

中國古代賢者把以德報怨作為修身養性的重要課題——保持豁達的心態，是有利於養生的。元代吳亮所著《忍經》裡記載這樣一個故事：有一位大臣王德與人為善，上至官員，下至婦孺，外至少數民族，無人不知。御史中丞孔道輔等人因一件事向皇帝上奏王德的過錯，王德被罷免樞密院的官職，出京城鎮守外地，後又被貶去隨州。官員們為其憂慮，而王德卻如同沒事一樣，神色不變，只是不交賓客朋友而已。一段時間以後，

孔道輔去世了，有朋友說：「這就是害你的人的下場！」王德傷心道：「孔道輔在其位謀其事，怎麼能說害我呢？可惜朝廷損失了一位直言忠誠的大臣。」

這位王德以善待人，以德報怨，其度量之大，決定了他心胸必然豁達，因而他也不存在什麼血瘀氣滯之類的病，得至高壽。其實，與人爭執是時常發生的，如果一起爭執就記恨，必傷心肺。人在爭端中能順其自然，不僅對身體無害，還可磨練人。我們都知道玉是溫潤的物品，如果用兩塊玉相磨不成器，必用粗硬的物品才行，這如同社會與人一樣，雖有時被傷害，卻能得以修煉。如能不斷提升自身的寬容心，反而會幫助自己成為正人君子，做成大事，還增福益壽。

教養叫人安詳，長智慧

而今跟古典時代大不相同，表現在文學藝術上大多是如此——古典時代的人總是雍容的，氣息祥瑞，很少見到如當代這般狠絕的人。當代總是宣揚：人的精神是與命運、自然和規律相對抗的，在明知不可為的面前，回應的是類似絕食而亡或一頭撞死的態度，文筆上也往往如此表現，語言狠厲、粗魯；繪畫雕塑上，型態扭曲變形……這是偏頗和不負責任的。時間會證明古人的宏闊和優雅：好的文學藝術是仁善、典雅、樸素，不故作驚人語……那才是促進人類進步的階梯。

教養和財富一樣，是需要證明的。教養的證明不是讀過多少書，家庭背景如何顯赫，也不是通曉多少禮節規範，能夠熟練使用刀叉會穿晚禮服……這些僅僅是表面工夫，最關鍵的證明涵蓋多個方面——除了在公共場所顧及他人等基本行為準則，還有熱愛大自然。

把它列為有教養的證明之首，是因為一個不懂得熱愛大自然的人，必是井底之蛙，與「教養」這一詞彙謬之千里。這樣的人除了顯得蒙昧和狹隘以外，注定也是盲目傲慢的。之所以從小就教育孩子要愛護花草，正是這種感悟的最基本的訓練。若是看到一個成人野蠻地攀折林木，通常人們就會毫不遲疑地評判：這個人太沒有教養了。可見教養和愛護自然是緊密地連繫在一起，懂得與自然和諧相處，懂得愛護沉默的植物的人，推而廣之，多半也可能會愛惜更多的動物，愛護自己的同類。

有教養的人尊重工藝的價值，尊重安靜，尊重一杯水，尊重合作的人。從身邊最平凡的東西開始尊重，就懂得了愛。大的力量和大愛一樣，其實很輕，其實很柔軟。

有教養的人應能自如地運用日常語言，表達自己的內心並與人交流，並能妥帖地付

諸文字。我所說的日常語言，是指大家——從普通民眾到知識分子都能理解的乾淨、明亮的語言，而不是晦澀不通或某種特定情境下的專業術語。這個要求非但為做藝術的人所需，還是與人相處的底線——在這個千帆競發的時代，太多人面對電腦螢幕一坐就是大半天，時間長了，慢慢地就只會說他那個領域的專業語言了。只會說機器能聽懂的語言，卻不懂得和人親密地交流了。那些雖擁有一技之長，但無法溝通和解讀自我心靈的人，難以算是一個有教養的人；就連因為在家裡的溝通也少了，而影響到基本的生活。多少人不是因為大是大非而因為瑣碎小事而離婚呢？因為溝通不夠。僅僅具有得以謀生的本領是不夠的，就像獸類也會自發地獵取食物一樣，那是近乎無需教育也可掌握的本能。

有教養的人對歷史有恰如其分的了解，知道生而為人，我們走過了怎樣曲折的道路。當然，教養並不能使每個人都像歷史學家那樣博古通今，但是教養卻能使一個有思考愛好的人，知曉我們是從哪裡來，要到哪裡去。教養透過歷史，使我們不單活在此時此刻，也活在從前和以後。如同一條奔騰的大河，知道泉眼和海洋的方向。

有教養的人除了眼前小事和眼前得失以外，還會想到遠處。教養拓展了人的注意力，變得宏大和光明。每一個個體都有沉沒在黑暗峽谷的時刻，人在跋涉和攀援的過程中，雖然傷痕累累，但因為具有教養，確知時間是流動的，明瞭真正的暫時與永久。並相信在遙遠的地方，定有峽谷的出口、瀑布的轟鳴、鳥兒的翅膀和陽光無法阻擋的行走的力量，樂於細細體察欣賞晨曦從麥糖色、穀粒色、菸草色，直到淡粉色、玫瑰色的細微變化……如此才能覺知豐富的生之趣味。

有教養的人對自己的身體、對外界事物，有著親切的了解和珍惜之情，明白這個過程裡的生滅、轉換之奧妙，從而學會愛惜自己，愛惜別人。如按時體檢、敬惜字紙。清楚知道身體各部位的名稱，明瞭事物是精緻、潔淨的；知道身體的每一部分都有著不可替代的功能，明瞭事物並無高低貴賤的區分；知道自己的快樂和滿足，有很大的一部分是建立在這些功能靈敏的感官上和健全的完整系統上的。也毫無疑義地明瞭，造物偉大，沒有主宰，人是渺小，是其中的一個小小部分，不能可笑地認為人可以奴役萬物，坐擁地球的江山。

有教養的人追求自由與公平。他們對人類種種優秀的品格，比如忠誠、勇敢、信任、勤勉、互助、捨己救人、臨危不懼、吃苦耐勞、堅貞不屈……充滿敬重嚮往之心。不一定每一個人都能夠身體力行，但他們懂得愛戴和歌頌。

有教養的人知道害怕，曉得害怕是件有意義有價值的事情。知道世上有一些不可逾越的界限，知道世界上有陽光，陽光下有正義的懲罰。由於害怕正義的懲罰，因而約束

自我，是意志力堅強的一種展現。有教養的人知道仰視高山和宇宙，知道仰視偉大的發現和人格，知道對於自己無法企及的高度表達景仰，而不是糊塗地閉上眼睛或是充滿惡意地輕視。他們會遠離假藉關注之名，實則要把你拉到爛泥裡、要你掉入陷阱、要你動彈不得的那種人——這些人往往虛榮、自大、浮躁和為了名利死不要臉。

教養是不可一步登天的，只能潛移默化。教養遺失了也可以重新養成，因為它具有某種堅定的傳統和既定的軌道，是一些習慣的總和。教養和遺傳幾乎是不相關的，是後天和社會的產物，必須要有酵母，在潛移默化和條件反射的共同烘烤下，假以時日，才能自然而然散發出香氣。

教養是衡量一個民族整體素養的X光片——一個民族和一個人一樣，臉面上可以依靠化妝粉飾，但只有內在的健碩，才經得起沖刷和考驗，才是力量的象徵。

一個人受過教育，但不一定就有教養。一個人可能沒有受過系統化的教育，卻可能很有教養。然而教養並非天生——這個「教」是廣義的，不僅僅是指入學經師，也包括環境的耳濡目染，更包括自己在日常生活中，以萬物為師不斷地學習。

「教養」二字裡通常包含著善。我們看到，在一些垃圾堆旁邊，有時會用粗大醜陋的字體寫著：「誰再在這裡倒垃圾就死全家！」坐火車時也常看到一閃而過的牆上有類似的話語。可知這是普遍存在的現象。如果一個人遇到此類事不著急、不罵人，是教養，也是善心所在。

人們常說一個貴族的出現，至少需要三代的努力。所以教養是件任重道遠的事情，得慢慢努力，不能急。

善良

我們家禮拜天常常開車出去，而停車有時是個問題。車越來越多了，車位少，有時要轉好幾圈才能找到一個。那天也不知是怎麼了，我們去書店，在離書店很近的那條街上，一下子看到了好幾個車位。一時高興極了，看好一個馬上打算朝裡頭倒車。正在這時，氣喘吁吁地跑過來一個拿指揮燈的中年男子，他大聲對我們說：「停進旁邊那個，停進旁邊那個！」我們有點愣住了，後來在他的一再示意下才知道，他要我們退出這個車位，停到旁邊的格子裡面去。我有點生氣——他管得也太寬了，這是什麼人嘛！

他見我臉色有些難看，解釋說：「大姐，你誤會了。你們現在要停的這個車位是我的地盤，要收費的；我給你們指的那個，是不收費的。離得這麼近，你為什麼要白白交

錢給我呢？」

身旁的家人和我對視一眼：天哪，還有這樣的事啊？他自己就是管理人，竟然冒著被人家誤會的風險，讓人家停到旁邊不用收費的地點。

於是，我們就退出來，再停在了相鄰的不收費的車位上。過程中，管理人一直像對待自己客戶一樣，兢兢業業、一絲不苟地指揮倒車，嘴裡、手上就沒閒著過。

我們滿懷感激。重點不是停車費，而是我們會因為這份善意一整天都有好心情。身旁的家人說：「這得有顆多麼善良的心才能做到啊。」

四月十八日，我記下了一篇電視報導，新聞畫面顯示：在公車上，一位不太顯肚的孕婦讓坐給上車的老人，不料自己暈了過去，乘客們和司機忙著讓座給她，幫她打「119」，然後送醫院，整車沒有人說一句怨言——比如「都要遲到了，會扣全勤獎金」、「有急事，不能耽擱」什麼的，而孕婦的丈夫聞訊趕來，轉身對著乘客們和司機一再誠摯致謝。

這件事讓我看完感覺心裡很溫暖，就端正地記到本子上。這件事不能不說異常美好，像歐・亨利寫過的那篇著名小說《麥琪的禮物》——他們當然是天使，拿出自己最好、最普通、最多的所有，用以互送禮物，雙雙獲得深刻的幸福。

八月十八日，又看到晚間新聞報導：上班高峰時段，一位中年人在公車上突發疾病，告知了司機，司機和全車人商量。二話不說，一車乘客都跟著去了醫院。看似有點滑稽，可幸而沒人出事。當天，碰巧全國媒體都在報導一則某城市同類事件：也是一個突然發病的病人，也是一個司機、一車人，可病人卻被趕下，一時輿論譁然。

我常坐的公車，是穿越市中心、連接南北郊區的一條線路，路程很長，平常見到老人、殘障人士上車，年輕人讓座，早看得熟悉——不讓座才會覺得詫異呢，還會憤怒。這毫不誇張。

而這條線路的幾輛班車上，總有個老太太，看樣子七十多歲，穿得有些破舊，也不是很乾淨。她刷卡上車，和眾人無異。只是她身上常年背著一個背包，從不坐下——有人讓座也堅決不坐。她一上來就開始「演講」，揮動著手臂，大聲地自言自語。老人家「演講」的內容主要是婚姻觀方面的，教導大家要珍惜家庭，女要賢良，男要規矩，才能和睦。一車的人，總是一開始驚訝，不過幾分鐘後，就抿嘴笑笑，並不斥責她聒噪，也不趕她下車。一個老人，也許精神上受過什麼刺激，又不打人罵人，就算車上閉眼休息的人也不計較。在這趟路上，不同的司機和不同的乘客們，就這樣心懷默契、常年如一日地容忍一位不幸的老人，在車上陪伴她度過她顯然孤寂老去的時光。你可以到其他

城市看看，比如那些更繁華的城市，情況會是什麼樣。如果有這類特殊狀況出現，比如上來這麼一位老人，車上會怎麼反應。

這些事情都很小很普通，也很具體，可我常常由此延伸，以更宏觀的角度來看這些人，真是要多可愛就有多可愛。

這些人好像穿著防護衣，一直沒被這個變異得嚇人的世界完全汙染。他們面目上有相似的清朗，身體裡淌著新鮮的血，心靈總在離美善最近的地方停泊，基本保持著人類最初的樣子：在貪婪裡，懂得捨得；在黑暗裡，成為光明；在疊加裡，逐步遞減；在汙穢裡，更顯潔淨；在焦慮裡，維持清靜；在危難裡，伸出援手……你可以仔細看看他們的眼睛，是不是明澈一如山間清泉。

這些人知道，在所有的規範裡面，沒有比內心的溫暖更讓我們刻骨銘心、更值得珍視的了——一段段的邂逅、交會、相互羨慕和攙扶，組成了我們的生命，就如那流雲、露珠、星空和月色是大自然的一部分。

第三章　自勝者強

沒人見的時候也誠實由此發現自己的美好

良好的信譽能為人的生活帶來意想不到的好處。誠實、守信是形成強大親和力的基礎——誠實守信會使人產生與你交往的意願，在某種程度上，會消除不利因素帶來的影響，使困境變為坦途。誠信是衡量人品的試金石。誠實守信不僅反映出一個人的品行，而且能讓人建立起對家庭、對社會的強烈的責任感。因此，在任何時候，我們都要把誠信當做自己最好的招牌。

孔子說：言必信，行必果。意謂說話要守信用，做事一定要有始有終，絕不能半途而廢。這也讓我們領悟到誓言的真諦，它不應該是一種決心，而應該是一種實際的行動與作為。當你想要許下誓言的時候，須先想想你真的願意去做嗎？你真的有能力去做嗎？

做人的美好和高貴之處，其實就在於對於誠信等美好事物的追求過程中，你慢慢會發現一個更好的「我」。

古時有許多誠信故事，一個極端的事例是這樣的：

季札是春秋時吳王壽夢四個兒子中最小的一個。他很有才華，壽夢在世時就想把王位傳給他，但季札避讓不答應，壽夢只好讓長子諸樊繼位。

後來，季札受吳王的委託出使北方，拜訪了徐國國君。徐國國君在接待季札時，看到了他佩帶的寶劍。吳國寶劍在春秋時代很有名，季札作為使節所佩帶的寶劍自然不凡。徐君對季札的寶劍讚不絕口，流露出喜愛之情。季札也看出徐國國君的心意，就打算把這寶劍送給徐國國君作為紀念。但是這把劍是父王賜給他的，是他作為吳國使節的一個信物，他到各諸侯國去都必須帶著它，但現在自己的任務還沒完成，怎麼能把它送給別人呢？季札暗下決心，返回時一定會把此劍獻上。

後來，他離開徐國，先後到魯國、齊國、鄭國、衛國、晉國等地，返回時途經徐國，當他想去拜訪徐國國君以實現自己贈劍的願望時，卻得知徐國國君已死。悲痛的季札來到徐國國君墓前祭奠，祭奠完畢，他解下身上的佩劍，掛在墳旁的樹木之上。隨從說：「徐國國君已死，還留下寶劍幹什麼呀？」季札說：「當時我內心已答應了他，我不能因為他已死，就違背自己的心願啊！」

而今依然有這樣動人的故事發生：我們還聽到過無人商店、無人報攤的事情，就是靠大家的公德心，在無人監督的情況下，自行放錢購買物品。

每個人在這個過程當中，都感覺到了自己內心的真正需要，以及自己和他人的美好。

一次拾金不昧、一次嚴格自律、一次堅守承諾，誠信的行動看似微小，力量卻無窮大。會蔓延到其他領域，會感染許多人。

自律是成功的奠基石

自由，從來都是人類潛意識的追求。我們懼怕落入框架，懼怕被束縛，懼怕成為圈牢之物。從年幼開始，直至如今，在夢裡，我們反覆虛擬飛翔，細究緣由，只是奔赴與逃遁意願的反射。

於現實環境裡，人是社會性的，大多被固定於某種格局或某種習慣之中，不能動彈，如同樹木。秩序如同強勁的釘子，把我們扣在俗世之內，所以，很多時候人為了突破桎梏，反而做出一些叫人遺憾的事。很多基本的常識和良知出了問題，是因為經濟發達，欲望被放大，但倫理規範和道德底線卻崩潰了。

而且，人很容易隨著大部分同類，一起陷入秩序鬆散的平庸。群體給予內心虛弱的人安全感，但它將使依附於它的個體，輕易變成偷懶的消費者——消費現存的物質、現有的文明、流言與間接經驗……然後，生活變成追逐流行的遊戲，個體間變得毫無特性——平庸的、無差異的衣著，表情、話語、思考方式，展現的是集體的怠惰。

好在，總有一些人，拒絕被平庸、慵懶同化。他們清醒地意識到，生命之意義並非只是消費、複製和繁衍，而是清醒的付出行動。而要求自己、積極行動的人，不僅對社會、他人的貢獻大，最終對自己的好處更是無限的，尤其是還能由此得到真正的可持續性的快樂。

這種可持續性的快樂來自：

- 自律會使得工作做得更好，為此社會自然會給予你應得的回報——這種回報是不須苛求的，常常不是立刻兌現的，因此要有耐心並有長遠的眼光。不要太過短視近利，做了一點點事就立刻要求回報或抱怨回報得少。因為抱怨並不能為你帶來任何好處，卻極大地傷害你為社會貢獻的積極性，由此變相地使你的生活越來越差。
- 自律會使得工作做得更好，並由此帶來巨大的成就感。
- 習慣了自律生活，從而能輕而易舉適應任何條件下的生活，包括可能由此具備從艱苦生活中發現並享受快樂的能力、並更容易在任何條件下對生活產生感激，從而獲

得一般人難以體會到的快樂；可能年輕人很難理解自律會帶來的快樂，就像很難理解苦行僧的快樂一樣。事實上，很多表面上苦的東西往往比表面上甜的東西帶來的美好和快樂更多，並且更容易使美好和快樂具有持續性。

瑪里．居禮是個自律的好榜樣：當年，年輕美麗的她，為了在求學求真的路上心無旁騖，全神貫注，主動拒絕裝扮自己的相貌，把一頭金髮剪得短短的；在大學課堂裡，面對男生追逐的目光，她不加理睬。她為了提煉和研究鐳，同樣放棄了美麗的容顏和安逸的生活，即使身處高輻射的研究環境中也不放棄。她選擇了一種理性之美，得到了精神上的美麗。

這個世界上，有人止於形，以售其貌；有人止於勇，而呈其力；有人止於心，只有其技；有人達於理，而用其智。大音希聲，大象無形；大智之人，不耽於形，不逐於力，不恃於技。他們具有超人的自制力，從而擁有一種驚人的力量，駕馭規律而成其大道。

人人都喜歡自由、散漫、舒適、享受奢華，不願意接受管束、不願意過艱苦生活，這不奇怪，因為人的本性就是如此。但不論你是否願意，人在社會中是一定會受各種約束的，諸如法律、道德、禮節等等。總是被動地受他人管束，當然會很難受。

最好的適應辦法就是要變被動為主動，做到全方位自我約束——將別人對你的要求主動的變成自主要求自己——自律。當一個人全方位自律成為常態時，就不難過了，因為是自己要求自己，而不是受別人管束。當自律成為常態之後，久而久之，你在哪方面律己就會在哪方面獲得成功。

「律」既然是規範，當然是因為有行為會越出這個規範。比如，刷牙洗臉是每天必須要做的事情，但是有一天你回到家筋疲力盡，如果你倒床就睡，是在放縱自己的行為；如果你克服身體上的疲憊，堅持進行洗漱，這是你自律的表現。人們往往會遇到一些讓自己討厭或行動受阻撓的事情，而在這種情況下，你就應該克服情緒上的干擾並接受考驗。

管住自己不去做不應做卻很想做的事情

佛家認為：很多人想透過努力提高自己的能力，這沒必要，因為你用不著提高你自己的能力，你的能力已經足夠出眾了。聽起來有點突兀，仔細想想，不無道理。

隨便哪個人，只要沒有生理上的缺陷，若能把他的全部能力（包括潛在的）發揮出來，都會成為極出色的人才。問題是絕大多數人都沒有發揮出自己的全部能力，甚至都不知道自己有這麼大的能力。因此，我們需要的不是提高能力，而是自律的能力——管住自己就夠了，這就是智者了。

只有真正的智者，才能將生命騰出足夠的空白，剔除有害的旁逸斜出的注意力，重理一個龐大的精神領域。他們往往過著不同於常人的生活，並伴隨諷刺與毀謗、暗夜裡奔騰而來的罪惡感，無法對世俗交付答案的窘迫——生活總是變本加厲地打壓懷揣理想的人。

然而，只有管住自己，有所為而有所不為，才能帶來深層的思考與超越性的創造。為此，他們的自律能力常常大得叫人咋舌。

自律的方式，一般來說有兩種：一是去做應該做而不願或不想做的事情；一是不做不應做而自己想做的事情。比如你每天早晨堅持鍛鍊身體，某一天天氣特別寒冷，你不想冒著寒冷去鍛鍊，但是你最終選擇走出家門，繼續鍛鍊，這就屬於前者。後者的表現也很多，例如你喜歡抽菸，但到了禁菸區，你必須忍住內心的欲望不抽菸。

一般情況下，自律和意志是緊密相連的，意志薄弱者，自律能力較差；意志頑強者，自律能力較強。加強自律也就是磨練意志的過程。自律對於個人的事業來講，發揮著重要的作用，加強自律有助於磨礪心志，有助於良好品格的形成，使人走向成功。自律是在行動中形成的，也只能在行動中展現，除此之外，再沒有別的途徑。自律的養成是一個長期的過程，不是一朝一夕的事情，因此要自律首先就得勇敢面對來自各方面的一次次對自我的挑戰，不要輕易地放縱自己，哪怕它只是一件微不足道的事情，也要當它是生命中僅此一次的經驗。

自律同時也需要主動，它不是受制於環境或他人而採取的行為，而是主動採取行為。前提條件是自覺自願地去做。

自律很重要的一點是，無論做什麼事情，須把握一個原則：中庸。合適的速度、力道、分寸，才是最好的，而不能求大、全、強、快。

在日常生活中，時時提醒自己要自律，同時你也可以有意識地培養自律精神。比

如，針對你自身性格上的某一缺點或不良習慣，限定一個期限，集中糾正，效果比較好。對自己嚴格一點，時間長了，自律便成為你的生活方式，人格和智慧也因此變得更完美。

自律的本質

在古希臘，神廟兼有醫院的功能，祭司們會為病人配藥。相傳刻在阿波羅神廟的某句箴言是「認識你自己」。自律也是一種醫治，是指我們在了解自己之後，再有意識地能夠主動掌握自己的心理和行為，有原則地對待事物。自律是學習、工作和生活中的不可缺少的人格素養。一個能夠自我約束和自我控制的人，在成功路上必定能突破種種誘惑的陷阱，勇往直前。

．**自律之孤獨**：對於個體而言，人群是最熟悉的危險。幾十年不變的僵化教育與無處不在的流言蜚語養育出的頭腦自大而愚昧，他們消費送到眼前的文明，承載舊有的價值理念，複製旁人的話語。周而復始，然後，你聽見整個社會就是同一種聲音。

群體強大的腐蝕性正在同化一切個體。你如果想做點事，就一定要有定力，立下孤獨自守的宏願——不被同化，就像一邊是無數人、一邊只有你一個人的拔河比賽，這當然是宏願。

・**自律之認同事實**：認同事實意味著你準確地察覺現實並且有意識地承認自己的感覺。這個聽起來似乎很簡單明瞭，但是當到具體實踐中時尤其困難。如果你沒有有意識地承認自己在自律方面所處的狀況，那麼極有可能你在這方面不會有任何進步。設想一下：一個想塑造體型的人並不能按自己的情況制定計畫，那最終能取得什麼結果呢。同樣的，如果你想提高自己的自律能力，你必須知道你現在所處的狀況：你的自律能力現在有多強大？哪些挑戰對你來說輕而易舉？哪些你事實上不可能做到？

・**自律之意志力**：意志力是自律的先鋒部隊。意志力提供給你強烈但是短暫的動力，把它想像成一個推進器，它向後迅猛噴出火焰，如果調整好合適的角度，它會產生巨大的動力，幫助你克服惰性，創造成就。意志力會把你所有的精力集中起來，使你奮力地前進。思考一下：如果意志力只能用在短期的突擊上，那麼什麼是運用它的最好方式呢？

- **自律之面對挑戰**：當你願意克制自己去做一些困難的工作的時候，你就能達到別人無法達到的高度。當你停止逃避，停止害怕困難，而是選擇去面對、承受它時，你的生活會達到一個新的高度。把困難當成是朋友而不是敵人，這是你的致勝法寶。
- **自律之堅持不懈**：勤奮就是花時間去做事，但是你要能夠把時間花費在必須花費的地方。如果我們拒絕花費這些時間把事情做對做好，結果就會一團糟了。一旦你決定了一系列的行動並且已經做好計畫，那麼沒有什麼能比堅持不懈更有用的了。長遠來看，你的成果源自於你的行動，而勤奮，就是行動的最好方針。
- **自律之動機**：滿易，空難；加易，減難；求易，捨難。唯有真正的智者，方能堅持不懈，將生命騰出足夠的空白，剔除有害的注意力，釐清一個龐大的精神領域。

世上沒有什麼東西能夠代替動機——動機就是初心，才華不能代替它，那些有才華的人不能成功的實例太常見了；天賦不能代替它，「沒有回報的天賦」都快成一個俗語了；受教育也不能代替它，世界上到處都是受過教育而不得志的人。當你執行任何一項大目標時，你的動機會時強時弱，所以不斷強化它就是在所有時刻讓你不顧自身感受，努力堅持一項行動的能力。臥薪嘗膽的故事就是在說動機帶來的動力。

・**自律之意志力**：遲到是自己對自己管控不嚴的表現，所以經常遲到的人會讓別人覺得他自制力很差，破壞了約定的人總是不受人喜愛。而那些所謂大人物，他們往往有頑強的意志，可以在別人鬆懈的時候依舊堅持，在別人想要放棄的時候永不放棄。雖然會覺得很難受，但你試試多堅持幾次就好了。這是改變習慣的方法，也是另一種習慣的養成。有個人練習過有癢不去撓，以此鍛鍊自己的意志力，想想看這多麼困難。但他做到了。他能做到這件事，也終成一番事業。

而「嚴於律己，出而見之事功」，這句話不是隨便說說的，而是有真憑實據。一個嚴於律己的人，往往考慮問題不是按照「想不想」的思路，而是「該不該做」的思路，這是一種理性的思維，是通向成功的康莊大道。

每天嘗試自己激勵自己，控制自己，約束自己的行為使之符合標準。生活不可以太隨便，人生經不起開玩笑，謹發言、慢開口，行事更需謹慎，需防一失足成千古恨。

・**自律就是自由**：紀律之後的事情不言而喻——獲得真正的自由。孫悟空是厲害，但在其處於「孫猴子」的階段，他是一個罪惡與善良結合的複雜人物，他可以大鬧天宮，也可以占山為王，既可以打那些為人不怎麼樣的天兵天將，又會去嚇唬那些普通的百姓。但如來佛的手掌一下子推翻了「自由」——那其實不叫自由，

叫「無法無天」和「為所欲為」。從此沒有了孫大聖，天下太平。史蒂芬．康維(Stephen Conway)曾經寫過：「沒有紀律的人只是情緒、欲望以及激情的奴隸。」從長遠來看，有紀律的人具備紀律帶來的自由，譬如每天枯燥地練習書法的基本功，或者靜下心來學習下圍棋。它們能帶給人一個別有洞天的世界。

自律的切口

自律是指按你此刻所思考的內容來行動，而不是隨心所欲。自律不必從大事入手，相反，彷彿桃花源「初極狹，才通人」的洞口，它往往有著最小的切口。通常，自律的意義包含為了影響人生的重大決定而犧牲此刻的愉悅和刺激。因此，自律會驅使你去做：

當最初的激情退卻後，仍繼續努力於一個主意或計畫；當你只想躺在沙發上看電視時，仍起身去健身房；定時早起，想想自身的問題；每天只在特定的幾個時刻查看一下手機……

這些看起來都是小事，但要真正實行並堅持下來並不容易。譬如保持體重——西方社會菁英階層很多人在高強度鍛鍊、飲食控制等方面的修行，遠遠強於底層階級。也許應該理性一點來看：這種保持體重的毅力和自制力，也是他們成功的重要特質。很多人只看到他們優越的家庭背景、教育資源，與生俱來的被嬌寵、社會環境等，其實自律自強的精神也是存在和承襲的。

如果你正為無法自律這個問題而糾結，這當然是個壞消息，那麼好消息是：自律是可以培養的，要有一個切實可行的目標，在可能的情況下，最好每天更新你的目標，讓自己不斷超越它，譬如訓練自己早起。下列三點是大致的自律的特點：

- **自覺**：自律意味著按照你所認定是最好的方式去行動，而不顧及此刻你的感受。所以，自律的第一個特點就是自覺。你需要決定哪些行為能更好的達到你的目標和實現你的價值。這個過程要求自我反省和自我分析。最有效的是和寫下來的描述相連繫。我和丈夫曾經用過一個小技巧來激勵孩子，很有用——每個人都寫下一張夢想清單：自己的奮鬥目標、對未來的期望、十年內最希望做到的事、希望全家一起做的事等等。大家寫相同的內容，然後開個小會。這樣能更好地了解我是誰、我能做什麼，以及我的價值是什麼，還能意外地促進全家人的感情。

- **自我意識**：自我意識從兩個層面決定了自律：你正在做的事情和你沒有在做的事情。想一想：如果你沒有意識到你的行為是沒有紀律的，那你又怎麼知道該以另外的方式來行動呢？

- 當你開始培養自律時，你可能會注意到自己正進行著不自律的行為——比如咬指甲、吃零食，在該看書的時候不斷起身走動做別的事。培養自律需要時間，關鍵就在於你得對自己的不自律行為保持警覺。漸漸的，這種警覺心會在你做出不自律的行為之前就提醒你。這讓你在做決定時，更近一步地考慮到目標和價值。

- **自律的承諾**：僅是簡單寫出你的目標和願望是不夠的。你必須對它們做出承諾。否則，當你的鬧鐘在早上五點響起時，你會按下暫停鍵，想著再多睡五分鐘吧，也沒太大關係的；或者當最初的熱情褪去後，你的計畫就開始一暴十寒，難以完成。

- 當你和自己的承諾彼此掙扎時，仔細想想你講過的打算去做以及決心要做的事情，繼而冷靜地做出取捨，理智地做出決斷。自律不是自我壓抑，而是不做壞習慣的奴隸，不做自己的奴隸。

第四章　無用之用

讀書和不讀書是截然不同的兩種人生

讀書人的氣質是由連續不斷的閱讀潛移默化養成的。就造物主創造了人的這些毛坯而言，也許是沒有魅力的，甚至可以說是不完美的。然而，讀書能使人由內而外獲得新生。依然還是從前的身材與面孔，卻有了一種比身材、面孔貴重得多的叫「氣質」的東西。

人類無疑是一切動物中最善於展示各種姿態的動物。體育、舞臺、時裝模特兒的伸展臺，這一切場所，都是人類展示自己身體以及姿態的地方，而人類最優美的姿態，是讀書時的樣子。曾經看過一組來自世界各地的讀書圖片，其中不乏貧困荒涼的地方、吃不飽和穿著破爛的人，但因為他們讀書的專注樣子，而面目上煥發神采，照耀得四周景色優美，和平溫柔。

讀書不但讓人獲得面貌上的美麗，更可以深入探索自我的本性，同時又憑藉他人的智慧來認識真正的自我。而只有真正認識自我，才能達到自身認同和自身完整。

讀書要不拘一格。我父親曾經為擔任教職的小妹準備過許多小筆記本，內容無所不包，人生箴言、學問操守、藝術真諦等等，收錄古語、俚語、自己的感悟……名為《碎拾掇》、《備課小記》等，小妹在上課的過程中時常應用，大受學生歡迎。因為其引用內容的簡潔生動和內涵豐厚——當豐厚的內涵以單純而生動的形式表現出來時，往往魅力無窮。要做到單純而生動不是簡單的事，我們應該如此要求藝術的境界。

在讀書的過程中，被引進了比我們的經驗和自我世界更大的世界，那是一個能拓展我們個人界限、幫助我們重新建構自我世界的方式。

讀書是自由快樂的，你跟各種書在一起，就好像跟一大群同聲相應的朋友喝酒，想不沉醉都難。不讀書的人則因此失去了人生一大半的、最重要的樂趣，活得無味單薄。真是遺憾啊。

文學的無用之用

文學似乎是無用的，然而，無用之用是大用。我們慢慢就會明白。

諾貝爾文學獎得主布羅茨基（Joseph Brodsky）說：「既然我們無以寄託對美好世界的希望，既然其他道路全都行不通，那麼讓我們相信，文學是社會的唯一道德保險。」文學，將注定成為人類最後的避難所。

文學著眼於人的靈魂，追求心靈的感動與激盪，充滿激情、浪漫、意趣。文學力求把人引向真善美，引向深刻與崇高，盪氣迴腸。

如玉般的赤子之心，如水般的純淨靈魂，如山般的英雄夢想，如海般的浩渺胸襟……文學都具備。

詩歌般的激情燃燒，戲劇般的跌宕起伏，小說般的驚心動魄，散文般的從容優雅……文學均擁有。

非但要讀文學書，其他類型的書籍也是為思想補充能量的糧食，對我們有所裨益，正所謂開卷有益。當人增加了讀書量，不但沒有自覺學識淵博，相反，會愈來愈感覺到自己的無知。一個人改變了行走的姿態，由高壓環境下習慣性的俯首，轉向痛苦卻倔強的抬頭，自然就發現世界並不是直徑三尺長的井口，井外還有大海、天空、太陽和璀璨星光。於是，在浩渺廣袤面前，我們找回丟失很久的謙卑，不再僭妄，不再猖狂。它讓人敬畏，讓人知道有些東西永遠無法到達。

人的內心就像一座「能量場」，既隱藏著自信、豁達、愉悅、進取等正面能量，又暗含著自私、猜疑、沮喪、消沉等負面能量。而好書影響無數的讀者，讓正面能量的思想與情感透過文字進入讀者的精神世界。純真、激情、妙趣、敏銳、深刻、浪漫、智慧、責任……這是真正的好書的重要元素。試想看看，如果人讀了一本書，都想去自殺，那麼這本書無論如何都不能算是好書對吧？英國散文家和文學評論家赫茲利特(William Hazlitt)在《時代精神》一書中說：「詩是構成生活的一種東西。」「生活中一切值得記憶的東西，都是生活中的詩。」「詩是我們生活中的精細部分，它擴展、淨化、提煉我們的心靈，它提升整個人生。」每一個健全完整的生命，都應該與書、與詩結緣，它可做盲者的眼睛，創傷者的藥和孤寒者的火爐，給我們愛、智慧、光明、安寧，給我們出口，以及一條通往前方的路……真正好的書籍就是阿基米德那個位置正好的支點，我們由此可以撐起世界。

讀書對人的心靈和品格有一種內在的作用：作者於孤獨中，想念、思索，提筆寫下；讀者於孤獨之中，悄然接近，展卷接收。而無論是作為作者還是讀者，心和心在暗夜裡相遇，本就是生而為人的美好經驗。當書的生命滲入到一個人的血液之中，與他（她）的精神融合，就會成為支撐其走過屬於自己的歲月的一種力量。美好的能量在好書中無處不在，就像那熱烈的陽光、泥土的芬芳，像大自然活潑向上永不止息的生命力。

當然，無論在什麼時代，都有一批人是徹頭徹尾的實用主義者，在他們眼裡，一切都必須實用。由此，他們不再閱讀、忘卻尊嚴、剷除靈魂，以實用為衡量一切價值的唯

一標準。因為知識、尊嚴與靈魂都不是他們的食糧，無法為他們提供養分。那麼他們將失去一項重要的做人的福氣。

讀書的另一個積極意義在於，在物欲橫流的當代社會，我們需要用讀書來抵禦人世的荒誕不經，以讀書來保持深情——稍有智慧者，就不需要荒誕的狂歡，而渴望潔淨的幸福。而一個寫書的，一個相對擁有話語權的人，則外加了一項任務——即使身陷於深窟，洞徹世間的幽暗，仍應試圖探求光亮，並以這種探尋，向讀者展示力量，傳遞溫度——真正的哲人、作家、宗教家，永不會有意將人群導入黑暗、仇恨、絕望，而不指示解脫之道。他們手舉理想的火炬，將一點點的星星之火，植入世人患有疫病的腦袋——在放棄思考的享樂主義橫行、蒙昧者在娛樂至上的大染缸中溺亡的當代，他們願意做其中因為將那火炬握得太緊而燒灼了手掌的人。

不要輕易去跟流行，甚至要遠離

我們往往會混淆一個概念，認為流行就是時尚，但其實時尚有的時候是少數人的一種趣味，而流行有時候只象徵著一種數量，並不代表品質上的高級。

如今網路媒體發達，流行的標準是很可怕的。流行是一種勢力，這就像每一個人都會受廣告的干擾，去決定自己購物的方向。流行是一種洗腦，未必全都是好的。

實際情況是，不少年輕人喜歡新鮮事物，行事風格特立獨行，從吃喝拉撒到穿衣看電影看書都渴望能夠與眾不同。有的作者為了吸引這部分受眾，在創作過程中自然會極盡顛覆之能事，突破各種底線，為了經濟利益淪為文化產業的「文字工」，優秀文化賴以生存的土壤同時被破壞了，造成了寫與讀之間的惡性循環。文化產品不同於其他商品，其「文化」內涵承載了一個民族的文明，所以，讀這類資方受益、產業鏈上迅速炮製出的書籍，跟吃讓人生病的垃圾食品一樣無益。這種讀物的讀者就跟漸漸煮沸的水裡渾然不覺死去的青蛙一樣，非常可悲。

另有一部分書籍很流行，就是成功學之類的工具書，這種種急功近利的創作（那很難說是創作）和閱讀風潮，也迎合了大眾對於成功和財富的渴望。時代進步，也使得

人們對物質的崇拜達到鼎盛，似乎除了錢，再也沒有什麼能吸引創作者和讀者的注意力了。渴望成功和財富沒有錯，錯的是對兩者的過度追求。

讀書不是時尚也不是競爭，像追求名牌那樣去做這件事，真的很誇張。吃飯不能只吃垃圾食物，讀書當然也是如此。萬物同理，讀什麼樣的書就會成為什麼樣的人。而只有遠離流行，才能後退一步，更客觀和冷靜地打量這個世界，消除部分肉身的重量帶給人的墮落，也才能更進一步，獲知世界不是生活的表層那麼粗鄙。它原來可以更深刻、更高尚、更悠遠、更廣袤、更明亮，也更純潔。而作為人，我們其實還有比金錢和吃喝玩樂更崇高的享受，那就是發揮自己的潛能，享受真愛，享受美，享受諸如經典好書這樣的一流文化產品，享受人類文明好不容易結下的成果，獲得更高一級的創造力與智慧。

這不能等閒視之。

要「踏雪尋梅」，不要「踏雪尋皮」

在古代，踏雪尋梅是個很有趣的現象——不是文化現象，它是日常生活的一環。這和身分沒有關係——《紅樓夢》中賈母踏雪尋梅，〈長風吹玉圖〉裡的村人也踏雪尋梅。這和貧富也沒關係——生在富裕家庭的詞人李清照踏雪尋梅，一生顛沛流離的詩人陸游也踏雪尋梅。也就是說，大家將踏雪尋梅看成一種生活常態，每到冬天，就想到這件事。人們是真的當成一件家常事來做，不作秀，不當成「行為藝術」。

在今天，讀書已經成為了「踏雪尋梅」般罕見的事。一夕之間，人手一支手機——有人還兩支三支日夜不離身。「低頭族」成了街頭一景，像是強迫症般不斷刷新貼文、分享、按讚，綁架了工作外大部分的業餘生活……無疑，手機已經成為大家交流和獲得資訊的重要管道。在帶來巨大便利的同時，也帶來了巨大的隱患——如果真有外星人的話，它們已經征服我們了，因為我們已經一窩蜂地變成它們的奴隸。它們的小名分別是：「iPhone 11」、「iPhone 12」「iPhone 13」……還在以迅雷不及掩耳之勢變幻著妖冶的面孔，一逮到機會便對奴隸敲骨吸髓。這個外星異族，叫做智慧型手機。由於承載的功能太多，弄丟手機成為人們的一場災難。

人的情懷少了，不讀書了，心裡面缺少生而為人最該具備的精彩部分，被世人稱為「不食人間煙火」的那種東西——真正的詩人應該具備的那種東西。因此，不「踏雪尋梅」，大家都去「踏雪尋皮」了——踏雪，是為了打獵，打到老虎還是狐狸，都可以做成皮草去賣錢。錢是一切行為的衡量標準。

人類追尋美的意識真是一種奇妙的東西，在某種奇異的組合之下，竟能接近天堂。而在這種前仆後繼的追尋中，人們血脈裡不約而同滿溢著同一種情緒——幸福。

尋梅是要停下來的，停下來欣賞，看花、嗅香氣。尋皮則不然——是一定要乘勝尋皮的，越多越好。尋梅幸福，尋皮則未必——就像自由自在爬山和為了征服而去登某座山的感覺是不一樣的，只剩下「征服」兩字的世界，不是好世界。

誰也不想為「踏雪尋梅」的環境喪失而負責，會的只是指責，很多人怪罪到時代身上——浮躁、功利、物質主義……是的，是出現了許多問題，然而，每個人也都有自由、有能力創造一個相對安靜、淡然的個人天地，譬如坐下來讀書。我有個妹妹，他們家幾乎從不開電視，電腦也只用來收發電子郵件和買書用。她的孩子從小睜開眼看見的就是他的父母在讀書，因此，也幾乎生而知之般地捧書就讀，不知道電視和網路的熱鬧。

不是要宣導杜絕3C產品，實際上它們對我們的生活（網路購物、聯繫遠方的親人、查資料等）幫助很大。只是要儘量不上癮。上癮了就麻煩了。我們出門忘了帶手機，就開始焦慮；什麼時候我們忘記了帶本書在包裡就出門，在路上會感到焦慮？而前後兩種焦慮，產生哪種焦慮的社會更嚮往文明、更有希望？

眼下拜金主義橫行，略有點理想和關懷就被視作另類，因此於各種事情上，也許比古人的時代更需要一副火眼金睛，更需要自我反省，更需要擺脫外在的框架，才能評價得當。而評價自己、他人、事件的能力，只有確立了這一切，以自己的清明理性，再去善待他人、朋友、子孫後代，才能夠做到真正的尊重。

我們不會因此陷入二元對立的慣性思考，比如喜歡傳統文化，就勢必要打擊現代文化；就好像我們也喜歡西方現代的東西，但不會覺得非此不可。佛法裡有句話叫「圓融」，圓融就是通達，不走極端，可以彼此往來，不是畫地為牢——不是「我就這樣了」、「我偏不改」、「我只贊同或反對某件事」……而是一切皆有可能。這樣，我們的生命才是開放的，才是通達的。

能在享受時代帶來的五光十色的同時，克制自己，不去過分迷戀，其實就等於能在大部分人都放縱自己的時候，冷靜下來，在角落裡獨自堅守一些寶貴的東西。這是重要的事情。

讀笨書與笨讀書

讀書是靈魂與靈魂的相遇。

每個人心中都儲藏著高貴的因子，當他們閱讀經典作品時，書的高貴與心的高貴、靈魂與靈魂不期而遇，相互致敬。讀書就是這樣一場奇妙的相遇。當你在讀到某處時，會遏制不住淚流的衝動，這是因為你拜訪了心中原本就存在的溫柔、善良；當你在聽別人介紹某本書時，突然會從他的聲音中找到熟悉的自己；當一本經典好書，映照了彼此會心的眼神時，有一種美好暗自生長。有緣的書和人的相遇，最好的愛情也難以匹敵。

而笨書的特點，就是它們看上去真的不夠聰明——以文學書為例，修飾性過強、追求詞語驚天動地的肯定不是笨書——實際上太注重外在形式，用過多的形容詞、副詞去包裝，是缺乏表現力的寫照，帶給人的感覺往往只有語言的刺激，回憶起來內容模糊。真正的好手，會非常樸素地，用最少的話、最平淡的語氣去敘說一切。

一個愛讀笨書的人，他肯定辜負了上帝送來的最好禮物，也體會不到那漸漸蔓延的快樂和幸福。

去讀書吧，去和人世間最有智慧的頭腦對話，和最美好的靈魂作伴，和最自由的精神一起遨遊，他們必將帶給我們日常生活所無法給予的快樂，提升我們的品格，洗去邪惡和愚蠢，填滿生命裡的空白。能在思想和精神上貼近一位出色的寫書人或書中人，會讓人深感愉悅。

讀書還需要笨讀書，將這件事當成就是思考生活、積澱經驗、完善自我的過程。

美國文學巨匠傑克．倫敦（Jack London）原來是個流浪漢，當他立志從事文學創作以後，深感自己知識貧乏，於是就抓緊一切閒暇時間發狂似地閱讀世界文學名著，把《金銀島》、《基督山恩仇記》、《雙城記》等書讀了一遍又一遍。他還把莎士比亞、歌德（Johann Wolfgang von Goethe）、巴爾札克（Honoré de Balzac）三大文豪作為典範，仔細地研究他們的作品，學習他們的藝術手法。他的朋友是這樣形容他讀書時的情形的：「他捧起一本書，不是用小巧的撬棒偷偷撬開它的鎖，然後盜取點滴內容；而是像一頭餓狼，把牙齒沒進書的咽喉，兇猛地舔盡它的血，吞掉它的肉，咬碎它的骨頭，直到那本書的所有纖維和筋肉成為他的一部分。」

傑克．倫敦將書的「皮毛」、「血肉」和「骨頭」通通咬碎吃下去，經過消化吸收，化為自己的血肉。

他一邊笨拙讀書，一邊拚命寫作，每天堅持寫五千字。六年之後，流浪漢變成了美國西部沿海一帶最受歡迎的人。傑克．倫敦一生從事創作雖然只有十八年的光景，可是他卻為人類留下了五十一部著作。讀書需要思考，也需要誠實記錄和踐行。

這記錄，不是寫正規的文章，而是隨意的、隨機地記載，講求及時與真實。因為思想和靈感往往轉瞬即逝，如果不能及時被記錄下來，很可能會陷入茫然。做個有心人，在學習上表現在善於思考等，也包括擇其精華而摘之的好讀書、善讀書和「笨」讀書。

讀書紀錄、抄錄，一旦成為自己的「需要」，「需要」變成習慣，就不再累了，也就會在某個需要的時候，忽然變成你正要應用而無處可尋的寶貴之物。習慣了就好了，就像每天再忙也要洗臉刷牙一樣——難道每天堅持洗臉刷牙還需要毅力嗎？做讀書摘錄，並不像有的老師想像的那麼「累」，那麼「苦」，那麼「堅韌不拔」，因為時間長了你會發現，自己確實從中迅速得到成長，也實在是一件非常有意思的事。而良好的閱讀，除了在學業、學養上的提升，更重要的是，會慢慢發現：在一次次的記錄中，自己嘴角上揚，善意湧動，思路逐漸清晰，眼神慢慢清澈……可以鍊眼——鍾鍊自身發現問題的能力，鍊筆——鍾鍊自身表達思想的能力，也可以鍊意——鍾鍊與提升自己的思想、情操、抱負、見識以及德行。

每個人的一生，都是一場自駕旅行，單程而不可逆。而讀笨書、笨讀書，就是這個旅程所遇最美麗的花朵之一，值得停下來慢慢與之相處，細細打量，長久深嗅，實為大趣，不可錯失。

無意中我們荒廢的時間太多了

有個考上臺大的孩子，他回憶自己的中學時代，覺得那時走路速度太慢了——大家有說有笑的踱著步子慢慢走。他說如果到了臺大可以看到，所有的學生騎車都是急速，走路幾乎都是小跑。我們沒有必要把時間浪費在這些沒有意義的事情上。你越快從校門走進教室就可以比別人多看一會書，多做一道題。時間久了，日積月累，你就會在時間上占有絕對的優勢。

他更加感覺到了下課十分鐘的寶貴——充分利用下課時間，我們一天可以擠出將近兩個小時，可以比別人多做一頁報告。他後悔在高中的時候每天看電視，當時主要是因為愛面子，看了體育比賽、晚間新聞去和別人聊天，看了電視劇和別人炫耀……整天裝出一副不太用功但成績不錯的樣子，歸根究柢還是希望別人說自己聰明。

被人說「他聰明但就是不學習」的人是最蠢的人。虛榮萬萬要不得，如果我們把太多的精力用在那些與自己前途無關的事情上，就是對自己的不負責任。很多考上全國一流大學的學生在高中期間沒看過一眼電視——包括年假期間，有的同學甚至是從國中開始都沒看過一眼電視。而在他們寢室裡的電視幾乎就沒開過，期末考試之後也沒人看一場歐洲盃。大家考試後從不休息放鬆，所有的人都是準備下學期的課程，準備托福、GRE 考試，或者是學一些實用的技能。所有人腦子裡想的都是利用別人休息的時間來充實自己，使自己在今後的競爭中占據優勢地位。

其實，人的智商都是差不多的，沒怎麼有天才一說，將別人看成傻子的人才是真正的傻子。決定成功與否的只是態度。是一種非常令人敬畏的精神力量，讓特別優秀的人獲得更多上帝的恩寵——他們可以為了自己的目標放棄任何誘惑。當別人談話時你傾聽，當別人皺眉時你微笑，當別人疑惑時你堅信，當別人休息時你學習，當別人放棄時你堅持，於是結果自然便是當別人不成功時，你成功。能忍常人不能忍者，也會成常人不能成之事。

不單單是學習，只要想事情做得好，就必須下苦工夫。哪有天上掉餡餅的事情？假如只仗著聰明，不努力，再聰明的腦子也空空如也，拿不出東西來，跟白痴沒有什麼區別。而人的黃金時段，尤其是學習的黃金時段太短暫了，到上了年紀才會感覺到：學習不如小時候反應快，記得住，也沒有時間了——得為生計奔波啊，哪能專心地學習？讀書生涯最無牽無掛最幸福了。很多孩子意識不到這一點，覺得讀書苦，讀書累，恨不得一下子離開學校。誰知道職場哪有學習單純？得學習工作技能，處理人際關係，不斷面對出現的問題：走仕途的，要考慮升遷；經商的，要考慮標案之類的雜事；中小學老師不用說了，非常敬業，也同樣辛苦；大學教授的工作，看著似乎自由一些，但照一位大學教授的話說就是「內急」——評等的時候，她和她的同事們幾天幾夜住在研究室裡。更不要說擺攤小販等一些其他職業了——睡覺的時間也被大量侵占。而學生，要考慮的事情只有一條：就是好好讀書，心思單純，很少被干擾。等離開學校再想回來讀書就晚了，年齡也不允許，環境也不能復得了。

所以，在什麼樣的年紀做什麼樣的事情，該讀書的時候，努力讀書；該工作的時候，努力工作；該結婚了，再說找男女朋友的事。照現在的情況看，十二年的中小學教育，四年大學，三年的碩士生，有的還要加上博士的三年……想想看，起碼也得在二十四、二十五歲以後才能考慮讀書之外的事情。

如果說人生有捷徑，其實就是讀書。抓緊每一分鐘，在別人不讀書的時候，你努力

讀書，不可能沒有任何成績。譬如每天額外多背五個單字，一年下來累積了一千八百多個，再寫英語作文還擔心沒有詞彙可用嗎？

將荒廢的時間利用起來，結果會十分驚人的。

還有哪天，你能比今天更年輕一些呢？

來講一個真實的故事：

英國青年科萊特，考入美國哈佛大學，有一個常和他坐在一起聽課的青年，叫比爾蓋茲。一天，蓋茲找科萊特商議一起退學去開發 32Bit 財務軟體。科萊特摸了摸比爾的額頭，說：「你沒發燒吧，開發 Bit 財務軟體，不學完大學的全部課程，那怎麼可能？」十年後，科萊特成為 Bit 領域的博士，比爾蓋茲則進入了《富比士》雜誌億萬富豪排行榜。又過了幾年，科萊特成為博士後，比爾蓋茲成為美國第二富豪。幾年又過去了，科萊特認為自己能夠開發 32Bit 財務軟體了，比爾蓋茲已經繞過 Bit 軟體，開發出 Eip 財務軟體，速度比 Bit 快一千五百倍，兩週內占領了全球市場，比爾蓋茲成了全球首富。

講這個多少有點枯燥的故事的目的，是想說：對一件事，如果等所有的條件都成熟才去行動，那麼他也許得永遠等下去，一直到死亡那個傢伙來敲門。中國古語所言「坐而論道，不如起而行之」也是這個道理。每個人都會有徬徨、等待和選擇的時間點，誰徬徨、等待的時間短，誰就贏得了自己更年輕的時段。我真正的寫作是從五年前開始，用一個陌生的筆名。那時我也對於當時的選擇有所懷疑——辭去薪酬優厚的工作，去從事辛苦的寫作，到底會怎樣？還來得及嗎？但躊躇到最後，我還是選擇了毅然離職。父親從全然的擔憂到而今的深感光榮，心情完全是兩樣。他知道我是在彌補年少時自己的貪玩荒廢。

還有哪天，你能比現在更年輕一些呢？如果以前不用功、毫無作為，那麼現在——此刻——就開始。勇敢地拋棄錯誤，對的自然來。覺悟永遠不會晚。

永遠不要說你已經盡力了

講一個身邊故事。一九九零年代，我們聯考時還是先填志願，後考試。因此，你對自己的成績一無所知。這其實是很冒險的。填報志願會有四個類組：一類、二類、三類和四類，每類裡面又有五六個學校，也就是說，如果一類分數不夠，二類可以接著……依此類推。所以，還是比較有保障的。我當時的男朋友聯考時，填寫志願時卻是將幾十個「學校」那一欄，一律填寫的是「臺灣大學」、「臺灣大學」、「臺灣大學」……就憑這恆心，你說想讓他考不上臺灣大學都很難。因為他有堅定的理想，因此他的努力是不遺餘力，是一鼓作氣，是馬到成功——這匹「馬」受這樣的熱誠鼓舞，從來都沒停歇過。這算個立意決絕、堅持理想的典型案例，但其實也不完全正確——有點過火。但精神是好的：永不服輸，忠於理想。

另有一些人，他們的生命之書寫滿規誡和框架。他們縮手縮腳，不全力以赴，也不進行抗爭，像羔羊一樣順從，無聲無息。然而羔羊的歸宿多是利齒，一些本該把握在自己手裡的、特出優秀的命運，被刪改得隨波逐流、無比平庸。

在讀書時，這種現象特別刺眼——很多年輕的孩子有時覺得自己已經到頭了，沒辦法再繼續前進，就自己安慰自己「我已經盡力了」。其實，可能也就是盡了三兩分力，一睏、一累就睡了——其實就叫惰性吧。惰性是個魔鬼，而魔鬼最善於從最薄弱的缺口進入，扼住人的要害，控於掌心，隨意玩弄——人貪圖身體上的舒適，幾乎是個本能。

做懶惰的俘虜？那可不行，怎麼邁向理想？理想是個高處，得四肢著地努力向前爬行。當你睡著的時候，很多人在往前奔跑。記得電影《絕地任務》有這樣一句臺詞：「永遠不要說你已經盡力了，失敗者總是抱怨自己已經盡力了！」當你還有力氣說出「我已經盡力了」的時候，你根本就沒有盡到力。人的潛力是無限的。

當你覺得自己已經盡力的時候，往往再堅持一下就會突破自己的極限，喚醒自己的潛力。大腦科學研究表明，人的大腦可以把全世界圖書館藏書的資訊都裝進去，然而，人類的極限往往至今才開發出百分之七到八。所以一定要努力再努力，永遠不要說自己已經盡力了。什麼叫成功？人們死活不相信你能做到的事情，你做到了，這就叫成功。

「十六歲的孩子是最恐怖的怪物，不但有成年人的破壞力與想像力，還有兒少法的保護。」在某個中學任教職的朋友這麼對我說過。可我還是認為，十六歲的孩子是最有精力和爆發力的，還有兒童留存的純潔。只要調整態度，集中注意力，專心就某個點深

入鑽研，沒有什麼能阻擋住成功的鑽頭。就算地球內核很堅實，只要一股勁不懈怠地鑽研下去，也能用自己的眼睛看到另外一頭的風景。

怎麼讓自己的熱情一直持續下去

很多人會說類似的話：「這個爛泥塘般的世界，是泥鰍的福地，卻會讓金魚窒息。」這些「金魚」像祥林嫂一樣不斷絮叨，人人都煩了。就算你有足夠的理由讓人同情，可一旦不斷埋怨下去，就會真的窒息而死。心理暗示的作用，自己給自己負能量的作用，真的非常可怕。

而今的年輕人，在學校或社會上時常感到挫折，特別是當今的職場競爭激烈，很多人有「憤青」的一面。但最好不要埋怨客觀條件，自己的努力才是成功的基石。真正的卓越是靠犧牲、錯誤、以及大量的努力換來的。畢竟，成功無捷徑，哪有那麼多的好處——多，就不快；好，就不省。寫作也是這個道理。

不能做白日夢地只想著成功的美好，踏踏實實做事，夢想就會找上你，而專心致志和循序漸進才是最可靠和持久的。自己的夢想是由自己來實現的，不是由別人代替你實現，一絲一毫都不能。你懈怠一絲一毫，夢想就遠你一絲一毫。這跟走在死亡的路上差不多——沒有任何人一個人能代替你走，那麼孤獨的路，如同真空，吶喊也沒回音。

時光像火一樣在燃燒著我們的生命，生命的成長是件多麼複雜、奇妙和不容易的事！要多少好東西才能成就一個人！生命的成長，是一個將多方面的養分吸收、消化的過程，也是篩選雜汙、祛除病菌的過程。理想的生命狀態，永遠處於不斷吸納和完善中。事實上，成功與失敗的最大分別，來自不同的習慣。好習慣是開啟成功的鑰匙，壞習慣則是一扇向失敗敞開的門。因此，首先要做的便是養成良好的習慣：不浮躁，躲在角落，全心全意去做事——是全心全意，不是百分之九十九的心、百分之九十九的意，更不是三心二意。幾千年從來都是如此：雜念沉下去，美好自然浮上來。

一些重要的東西，會遲一點到；一些美好的事物，會很早離去。對於明天，誰能說得準呢？學習萬物沉默的可貴，讓心更加安靜——不要過早地發言，別急於求成，就算壓力很大，也別吭聲。你看草沉默著，樹沉默著，草木以沉默為根基，在其上萌芽、生葉、開花、結果。

安靜自守，是力量的泉源所在。如是而為，熱情就會一直持續下去。

同樣感恩對我們不好的人

說「同樣」，是因為我們肯定感謝對我們好的人——如果不是他們，我們說不定會在爛泥潭中摸索更久的時間。然而，不要忘記，也要感謝那些曾經對我們不好的人，是他們的偷天換日、指鹿為馬，以弄死你為首要目的，讓我們從單純、幼稚一步步走向成熟、睿智、清醒，讓我們活得更有精神，更加茁壯。學會感恩他們，我們將增加更多的力量。

「人生實難」這四個字，陶淵明從《左傳》裡拈出來的時候，是怎樣的心境呢？裡面大概也包含了路遇小人的錯愕——漫長的人生路，是坎坷的，會遇到形形色色的人，有好人自然也有壞人，有貴人自然也會有小人……這和出生在哪個家庭裡一樣無可選擇。

如何區分貴人與小人？站在不同的角度上看結果是不同的，簡直難以分辨。譬如：生活中流行一種以「豪爽、直接」為口號的言語和行為，肆意地攻擊、詆毀其他人（尤其同性之間），彷彿全天下屬他（她）最無城府、有什麼說什麼。即便很難區分，但時間是個好方法，就那麼裝下去，誰都看出來了——他（她）是小人。

小人得志和小人當道的事情並不少見，防不勝防，因為小人往往無恥，什麼樣的事情都能做出來，超出你的想像。常理看來，遇到一個小人也可以說是人生中的一大悲哀，但是任何人都會遇到小人——這幾乎是一定的。最初，小人會讓我們感覺錯愕，繼而氣憤，因為很可能你一點也沒碰著他（她）——安靜做事的人常常很乖，很厚道，也無心外界的人事。小人會讓我們的生活和工作變得不順利，甚至會躲在暗處用自己的方式來干擾我們的一切，到關鍵時刻就跳出來，在我們身上插幾刀。也許你還完全不明白那人為什麼恨你到恨不得你死的地步，很多時候僅僅因為你漂亮一點，僅僅因為你性格好，有修養，將他（她）的狂妄粗俗比了下去。

假如生活、工作中身邊有個小人的話，那勢必影響家庭和睦團結，或前程受到一定的影響，也會讓親友、同事們對你有些許的看法和不認同，但有了這些不利因素後，你是不是就一定會更加堅強和兢兢業業地工作？更加細緻溫柔和有所防範地對待生活？回答是肯定的，久而久之這樣的工作作風和生活態度一定會得到親朋好友、上司和同事的看好並逐步走向成功。也許有一點速度上的影響，但成功得紮實，贏得了更大的尊重，讓人知道，就算是世界上最壞的事情，也能教導你一些功課。一個一直生活和工作得順利的人，常常需要小人來教訓一下，才能走向更加成功的未來。

所以說一生會有誰在幫你？無非三種人：高人指點、貴人相助、小人監督。誰讓你變得這麼勤奮和努力呢？關鍵是小人，就是那個一直存在於你身邊若隱若現的小人，是他（她）給了你動力，他（她）為你製造了逆境，從而造就了你成就一番事業所必需的積極性。從某種意義上來說，小人有時更能夠砥礪人的心志，催人思考，鍛造一個人的全面素養。沒有人能夠終生活在順境裡，上天往往遲早要讓一個人來到你身邊，讓你見識、體驗、穿越，給你上一堂特殊的課，考驗你的心智、意志和靈活度、韌性，使你迅速成長，直到幫你做成一個「不憂不懼、不抱怨不解釋」的強大的人。所以，必須感謝小人，他（她）是上天送給你的珍貴禮物。感恩那些輕信小人的人，正是由於他們的輕信，給了他（她）來日愧疚的機會，而我們知道，任何小人的作祟都是有效而短暫的，終有一天真相大白，時間加上利息，會帶給我們十倍，甚至百倍的回報——下過雨後，大地會比以前更堅實。

感恩那些捨棄我們的人，因為他們教會我們獨立。每個人在成長的過程中，都要經歷自我獨立。因為朋友親人不可能一生陪伴在我們身邊。萬一我們的朋友親人因為某種原因捨棄了我們，絕不能萌生埋怨與悔恨，要懂得感恩，感恩他們曾經不求回報無私地付出，感恩他們的及早放手。

當然，要一直感恩在困境中幫助過我們的人，是他們讓我們堅定了生活的信心，從起步到起飛，都是他們給我們加油鼓勵，讓我們即使滿眼淚水覺得快撐不下去時，也還堅持不放棄夢想。

生活離不開感恩，世界需要感恩。感恩生命的偉大，感恩生活的美好。感恩父母的言傳身教，感恩老師的諄諄教誨。我們感恩大自然賦予生命的一切恩澤，感恩我們自己遍身赤裸而來，滿載情意而去。

一顆感恩的心，一顆連小人都感恩的心，讓人幸福一生。

練就一顆強大的心

詩聖杜甫有這樣一首詩：

「不是愛花即肯死，只恐花盡老相催。
繁枝容易紛紛落，嫩葉商量細細開。」

喜歡這一句：「嫩葉商量細細開。」

就像喜歡王安石的那一句：「小立佇幽香。」何必慌張？細細開，佇久香——不著急，好商量。無論什麼事，都應看得從容。這樣就得到了大自由。

譬如寫東西，也是如此：別著急，慢慢來，需節制——對於準備寫到死的人來說，寫作是需要節制的，因為它將耗盡我們的才華和一生。如果長年從事藝術創作，會知道每天在做的，八成都是非常枯燥的事情——無非與「汗滴禾下土」一般無二的勞動。一定是熬過了這個枯燥的階段，才會有巨大的成就感和快樂。一個人缺乏這種耐力，他（她）很難到達平常心那一步，而只會陶醉在某些自矜自傲的情緒裡，如果沒有受到外界或者他人真誠的肯定，就會無法繼續，因為得不到外界的支持。這不行啊，他（她）需要更多來自自我的力量——說到底，什麼都是無力的，是布景一般的假山假石，只有自身產生的力量，才是真正的力量，才能成就自己，拯救自己。

做其他事也是如此，慢慢來最好，千萬不要貪多、貪快，一步一腳印，計劃出一個東西，就要落實。選擇適合自己的事情，然後安穩地去做，在做事中尋找規律，在做事中成長。

別吃著碗裡的，看著鍋裡的，鍋裡的是大家的，你所能支配的就是你碗裡那些。食量有多大，自己不知道嗎？這讓我想起了德國人造車很厲害。世界上頂尖的好車，幾乎都是來自於德國，為什麼會這樣呢？個人認為：不是因為他們研發的時間長，也不是因為工人的技術高，而是因為他們能夠靜下心來細緻地做事，做本分的事情。一條流水線上，每個德國工人，都在認真做好自己分內的事情，精益求精，甚至完美。人人如此，所以從流水線上出來的商品，就是我們爭相購買的德國精品。而這一點，正是人們普遍欠缺的。

求跳躍式進步或發展，其實也是一種貪婪，一種欲望——那裡有一時的快感，更多的是聚集了人負面的個性：急躁、無知、自大、脆弱，以及人性的種種怯懦與惡劣。地球上充斥著這類東西。但神身處其中，卻不發出聲音，教你暗中堅忍，堅信光明。

要怎樣才能練就一顆強大的內心呢？誰不會遇到挫折和不如意呢？禪宗有這樣一句話：「眼內有塵三界窄，心頭無事一床寬。」眼內要是有俗事，心中就有俗事，它會看得三界（前生，此際，來世）窄。只要你眼裡的事化解不開，你成天牽掛著，就會連上輩子下輩子都抵押進去；但是如果心頭無事一床寬，用不著去多遠的地方郊遊，坐在自己家的床上，你就會覺得這個床無比寬闊。就算你實在化解不開，那麼就像年輕人常說的那樣，對自己說：萬箭穿心，習慣就好。總比哭哭啼啼自我暗示「我真慘」來得好。

所以其實要想做到真正天地共遊的境界，需要先開闊眼界，而眼界的大小不在於你

出席了多少場合、接觸多少人——很多時候那只是干擾。一個人的眼界取決於心。那麼，眼界大小在於什麼？中國古人的智慧就在這裡了——道家從最根本的一種哲學出發：道法自然。「道」無所不在，「道法自然」就是鼓勵每一個人，用自己的腳步，去丈量你的里程，用自己的體驗，去開啟你的心智。而傳統的僧人，在出家的時候他們都穿僧鞋。僧鞋前面露五趾，後面露腳後跟。穿這樣的鞋，也是為了提醒一個道理，要去掉「貪、嗔、痴、怨、疑」這些內心障礙。要清除五毒心，就讓你看到這些洞，實際上是要你看得穿，要能夠通透。

真正奧祕就在於，為什麼要放在腳下呢？為什麼是雙鞋呢？用佛家的話講，人只有低下頭，才能看得穿；你不低下頭，是看不見的。如今的浮世，讓我們為了學業、工作、生活付出了太多的浮躁之心。太多的浮躁，讓我們從小到大「漸入歧途」——被各種比較心、爭鬥纏擾得幾乎窒息。回過頭來想想，我們太多的時候都讓自己的心胸拘泥在一個狹小的甕中，受限自己的心志，懶散、無賴，隨波逐流。最可悲的是，當我們逐漸明白了其中的道理，我們或許已經為了自己的浮躁之心而奔波虛度了大半生。

以前讀莊子，莊子告訴我們，所謂的自由，便是練就一顆強大的心。畢生太短，許多事，未必真有機會經歷，即使擁有了自由的權利，迫於時間精力，也無法抵達那些陌生的疆域。但是自由本身即並非抵達，它在於「是否有能力抵達」。有了這個能力，擁有了一顆強大的心，無論空間多麼遼闊，世界多麼紛雜，肉體與精神也可以在其間自由穿越。所謂的自由，我想便是胸有成竹，運籌帷幄，同時也是指氣定神閒、不被任何事物左右、走向自己的高遠目標。

只要努力，我們都能成為那種真正自由而內心強大的人。

帶傷的船和樹

英國勞合社曾從拍賣市場買下一艘船，這艘船一八九四年下水，在大西洋上曾一百三十八次遭遇冰山，一百一十六次觸礁，十三次起火，二百零七次被風暴扭斷桅杆，然而它從沒有沉沒過。

勞合社基於它不可思議的經歷及在保費方面帶來的可觀收益，最後決定把它從荷蘭買回來捐給國家。現在這艘船就停泊在英國薩倫港的國家船舶博物館裡。

不過，使這艘船名揚天下的卻是一名來此觀光的律師。當時，他剛打輸了一場官司，委託人也於不久前自殺了。儘管這不是他第一次辯護失敗，也不是他遇到的第一例

自殺事件，然而，每當遇到這樣的事情，他總有一種罪惡感。他不知該怎樣安慰這些在生意場上遭受了不幸的人。

當他在薩倫船舶博物館看到這艘船時，忽然有一種想法，為什麼不讓他們來參觀這艘船呢？於是，他就把這艘船的歷史抄下來和這艘船的照片一起掛在他的律師事務所裡，每當商界的委託人請他辯護，無論輸贏，他都建議他們去看看這艘船。

黃山上的迎客松，立於懸崖絕壁，沐著風霜雨雪，就漸漸幹挺如鐵，葉茂如雲，人見了都要敬之仰之了。但是如果當初這一粒種子有靈，讓它自選生命的落腳地，它肯定選擇山下風和日麗的平原，只是一陣無奈的山風將它帶到這裡，或者飛鳥將它銜到這裡，托於高山之上，寄於絕壁之縫。它哭天天不應，喊地地不靈，一陣悲泣之後，也就忍住傷痛，把那岩石掐遍，痛下決心，拚命地吸天地之精華，探出枝葉追日，伸著根鬚找水，與風鬥、與雪鬥，終於成就了自己。

一個人在社會這架大算盤上只是一顆珠子，他受命運的擺弄；但是在自身這架小算盤上他卻是一隻撥著算珠的手。才華、時間、精力、意志、學識、環境通通變成了由你支配的珠子。一個人很難選擇環境，卻可以利用環境，大約每個人都有他基本的條件，也有基本的才學，能不能成才成事，原來全在他與外部世界的關係怎麼處理。如果處理得當，再糟糕的外部條件都會乖順下來。

帶傷的船和帶傷的樹，它們告訴我們成功的祕密。

第五章　物我相安

謙卑有福，驕橫至禍

人的諸種惡行中，驕傲為最，認為自己比他人更優越，然後變質為對他人的輕視，甚至憎恨，這是一切罪行的開端。

謙卑不同於自卑。自卑的人，往往會選擇混跡於群體，淹沒於眾人中，帶給自己安全感。他們害怕成為焦點，害怕自己的言行被他人權衡和判斷。倘若突然站在眾人面前，他們會緊張、窘迫、無所適從。謙卑是從容，是敬重。

一個人能做到謙卑，一定會得到大眾廣泛的支持與信任。而懂得謙卑，便更知道「日新又新」的重要。不但學問要求進步，為人處事交友等等，樣樣都要求進步。所有種種的益處，皆從謙而來，所以稱為謙德。

謙卑乃是發於心而行於外，靠做樣子是做不出來的。也不是僅僅出於禮貌，而是發自內心的真實感情，才勤懇認真，永遠將自己當成小學生，從別人的長處中學習有益的東西，從而使自己更加完善。

我們看易經六十四卦，所講的都是天地、陰陽變化的道理與做人的方法。每一卦爻中，有凶有吉。凶卦是警戒人去惡從善，吉卦勉勵人要日新又新。唯有一卦，名曰

〈謙〉。這個〈謙〉卦，六爻皆吉。〈謙〉卦說：「天道虧盈而益謙，道地變盈而流謙，鬼神害盈而福謙，人道惡盈而好謙。謙，尊而光，卑而不可逾，君子之終也。」是專門講說「謙」的道理的。大意是說：天的法則是使滿盈虧損，使謙虛增益。凡是驕傲自滿的，就要使他虧損受害，而謙虛謙讓的就讓他得到好處；地的法則是改變滿盈。凡是驕傲自滿的，要使他改變，不能讓他永遠滿足。而謙虛謙讓的要使他滋潤不枯。就像低的地方，流水經過，必定會充滿了他的缺陷；鬼神的法則，凡是驕傲自滿的，就要使他受害，謙虛謙讓的便使他受福；人的法則都是厭惡驕傲自滿的人，而喜歡謙虛謙讓的人。具備謙虛美德的人，居尊位，道德更加光華；處卑位，常人也難以淩越；君子則堅持畢生踐行。

〈謙〉卦還有句「謙謙君子，卑以自牧」，意思是說，君子應該自甘卑下，克己養謙，以「謙」來約束自己。謙則受教有地，取善無窮。不謙則自狹其量，自拒其福。

古人相互印證這個道理的格言和故事有很多。老子說過：「不自以為是的人，才能夠對事情判斷分明；不自誇的人，他的功勞才會被肯定；不驕傲的人，才能夠成就大事。」器量大的人，福澤也必定深厚；器量小的人，福澤也必定淺薄，而謙虛和驕傲，則是福禍的分際。

春秋時，子路問孔子：「為什麼小人總是自以為了不起呢？」孔子說：「在長江水從汶山剛剛流出來的時候，連一個杯子都無法漂起來；到了長江渡口的時候，船隻可以並列航行。」子路問：「這是什麼意思？」孔子說：「長江是一條源遠流長的大河，它的水勢一開始並不大，後來因為逐漸的接納眾多的水流，才成為一條大河的。說話謹慎的人不會虛誇浮華，行為謹慎的人不會把功勞據為己有。君子既智慧又仁德，能夠做到對人恭敬、待人寬厚、與人信實。而小人不講重德，才表裡不一且自以為了不起。」

翻翻先哲著作，都能讀到。幾千年前我們的祖先就什麼都懂得並在實踐了。

佛家名典《了凡四訓》的作者袁了凡有一年到京城去會試，一起去參加會試的大約有十個人，但只有丁敬宇這個人非常謙虛。了凡先生跟同去會試的費錦坡說：「這位老兄，今年一定考中。」費錦坡問道：「怎樣能看出來呢？」

了凡先生說：「只有謙虛的人，可以承受福報。你看我們十人當中，有誠實厚道、一切事情不敢搶在人前，像敬宇的嗎？有恭恭敬敬、一切多肯順受、小心謙遜，像敬宇的嗎？有受人侮辱而不回答、聽到人家譭謗他而不去爭辯，像敬宇的嗎？一個人能夠做到這樣，就是天地鬼神，也都要保佑他，豈有不發達的道理？」

等到放榜，丁敬宇果然高中。

故事顯然帶有宗教的色彩，與人生大智慧也殊途同歸——天理運行之道，常是啟人智慧的寶藏。看那月之陰晴圓缺，就應了解圓滿的極致正是殘缺的開端。一個人不管覺得自己已經多麼了不起，也不可得意洋洋或鄙夷天下，唯我獨尊。否則，當天理衡量此人之心量已達極限，受福的容量過滿，再賜福也無多餘心量可容納時，接下來便順著天理運行之道使其滿有所缺了——受不起這福氣，便轉成了災禍，到一定時候，狂傲積累下的惡報就爆發了，叫人悔不當初。

所以，智者明瞭以有限的生命無法窮盡宇宙奧妙之理。而懂得持謙抑自處之道，反而能常處居盈保泰之境；至於那稍有所得便驕橫輕狂者，就總是要等到遇上深刻的教訓，才能從痛苦的經驗中增長智慧了。

內向的人不必自卑

無意中看到教育部發言人為一件事表示可喜可賀，稱終於盼來了，盼來了「性格內向」可以作為應徵時不錄取的條件。

而之前我們常看到的景象是：如果你不具備在這個複雜的社會處理人際關係的能力，考第一名也沒用的。

看明朝馮班《鈍吟雜錄》卷一〈家戒〉，說得好：「為子弟擇師是第一要事，慎無取太嚴者，師太嚴子弟多不令，柔弱者必愚，剛強者懟而為惡，鞭撲叱咄之下，使人不生好念也。凡教子弟勿違其天資，若有所長處，當因而成之。教之者所以開其知識也，養之者所以達其性也。年十四五時，知識初開，精神未全，筋骨柔脆，譬如草木，正當二三月間，養之全在此際。」大意是：為子弟選擇老師，是第一件重要的事情，要慎重考慮，不要選取太嚴厲的人。老師過於嚴厲，對子弟很不好。懦弱的一定會愚蠢，剛強的則怨恨老師，做出壞事來；鞭打叱罵之下，容易使學生產生不好的念頭。教育學生不要違背學生的天資，要根據學生的特點加以指引……云云。

此番議論對於今天的為父母者和教育工作者大有啟發和警戒的。人有資質愚鈍與聰慧之別，當如孔子所言，因材而施教，不要過於嚴苛，壓抑學生的天性發展。

性格內向，性格奔放，這些都不是要被趕盡殺絕的人之類別，如果非要往人的身上貼一個標籤，說這個人是內向的，不具備就業資格，這樣的發言，是怎樣一種不負責任的口誅筆伐呢？

不是說，一定要刻意與眾不同，凡是真實、自然的，就是美的，不是嗎？

那些內向者，緘默不說裡，必有他們的原因，應該像尊重不說「你好」的鳥那樣，尊重他們。

這是一種性格，不是一種殘疾；就算這真是一種殘疾，也不能歧視殘疾的人。

就像任何年齡裡都有不同的風景一樣——也許它們光怪陸離，也許它們姹紫嫣紅，也許它們純潔似水……但請相信，你第一眼見到的都只是一塊形狀不一的屏風，如果耐心繞過去，定能發現不同風景後一樣的柳暗花明。任何的個性都有自己的優勢和劣勢，發揮優勢，避開劣勢就是。況且很多時候，優勢也可能是劣勢。

孟子有言「吾善養吾浩然之氣」。這一個「養」字，我喜歡。有教有養，慢慢形成教養。我總是固執地認為，人的天性，本質是好的，有時候這些美好的東西後來反而被壓制，被戕害，變形甚至枯萎掉。蘇東坡總結自己的一生，說：少年時清新華麗，中年

豪邁古樸，晚年漸趨平淡。人也是會變的，就算自己的個性有點不如意處，慢慢思索，修正點滴遺憾，也就是了。何況恬靜性格的人像嬰兒，或是遠古時期的人類，對天地人等一片赤誠——那些穩重訥言的人，常常比狂躁妄言的更值得信任。我們能量通常是外散的：這裡有聲音，那裡好不好看；而內向者別有一個空間，讓向外的五官都集中向內。馬上收斂了，往內看了，更容易進行自我認知和自我管理。

另外，美國近日一項研究發現，內向害羞大多與生俱來，而且，內向的人在工作中更容易成功。研究發現，大約五分之一的人擁有內向害羞的人格特徵，表現為行為拘謹，甚至有點神經質。從兒時起，這些人就表現為不容易與人相熟、愛哭、喜歡提不同尋常的問題、酷愛深思等。

負責該研究的專家發現，與外向的人相比，內向害羞的人在處理視覺資訊的時候，其大腦某些區域更加活躍，因此他們顯得更注重細節。在做決策時，他們願意花大量時間思考，不喜歡閒扯其他的話題，更能專心致志地朝著一個目標努力，因此他們成功的機率也相應增加。因此，許多成功者性格內向。我所知道的一個公司總裁在他的經營團隊中無疑是最內向的那個人，但他很成功，他的同事欽佩他「無聲地儲備和自信」。這個人的公司從幾個人做到幾萬人，不能不說與他盡情發揮了自己的個性優勢息息相關。

每個內向的人都應看到自己的長處，明白上帝堵死我們某條路徑，是為了開闢眼前另外一條，遵從自己的生命脈絡，健康成長。

願世界上一切美麗的東西，遵從自己的脈絡，堅強、柔韌，慢慢長大，一直生長，伸長到最接近啟明星的樹梢。

靜心

靜是好東西。看看我們古人的書畫，感覺心真靜啊。那股靜氣常常使人的心靈萌生突然的感動，被靜氣一感染，發現世界可以因此變得更為有力。

在文壇，錢鍾書和楊絳先生是讓人羨慕的一對情侶。楊絳先生在百歲時，別人問及健康長壽和快樂的真諦，她坦言：「我沒有『登泰山而小天下』之感，只在自己的小天地裡過平靜的生活。」黃永玉在文章中透露一個細節，有一次他去拜訪錢鍾書先生一家，但見錢家四壁空空，只掛著一幅很普通的畫，錢鍾書楊絳夫婦和女兒，一人一個角落，在屋子裡安靜地讀書。這種場景讓黃永玉深受感動，從此他很少到錢先生家探訪，生怕打擾了錢家「小天地裡」的平靜生活。

現在有一些智者，選擇逃離大都市生活，跑到小城市和鄉村居住，為的就是遠離鬧市喧譁，避開社會的浮躁。這種人，在乎的不是有多少錢，當多大的官，有多大的名氣，而是選擇了一種寧靜的生活方式。他們在自己的小天地裡，粗茶淡飯，過著樸素簡單的日子，做自己喜歡做的事情。表面看來苦行僧一樣清苦、無趣，其實內心充實，精神愉悅。

現在燥氣升騰，真正的安靜難找了，到處雜訊譁然，靜心更不可得——自然的靜謐，人心的靜謐，就像潔淨的空氣和水一樣，是生態系統和人體循環系統的一部分，正受到嚴重的破壞。內心和生活的秩序很重要，我們必須讓自己跟熱鬧保持距離，以免自己的心態受影響，自己做事情和安定生活的節奏被打亂。因此少得些錢沒關係，自己的安靜被打破，那才叫得不償失。

有個故事，說的是一個靠擄掠為生的強盜，在某個寂靜的夜晚騎著駱駝穿越沙漠。他像往常一樣，一心盤算著自己的搶奪計畫，並警惕地聆聽著沙漠中的細微動靜，然而那個晚上太靜了，沒有風，沒有聲音，只有天空中閃耀著的群星，於是在某個瞬間，他抬起頭，看了一眼夜空。就在那一刻，他看到了畢生都未曾見過的勝景——浩瀚深遠的星空是那麼神祕，而每一顆星都那麼碩大、晶瑩，看著它們，他覺得那些星星彷彿直接從眼中跌進了自己的心底。然而這個情景只持續了十秒鐘，十秒鐘之後，他又低頭盤算並急急趕路了。

在這短暫的十秒鐘裡，究竟發生了什麼？或許他想起了自己的小時候，想起了自己的家鄉，或許他什麼都沒有想，他只是被星空震撼，然後思維暫時停止了，誰知道呢？他並非詩人、哲學家或者一個修道之人，但在他慣常的殺人劫貨的人生中，有那麼十秒鐘，他的內心非常寂靜，而這從某種程度上來講，就是靜心。

星空看不見了，仰望星空的心思也沒有了。雷聲戰鼓，人們在大地上被緊緊逼催，盲走疾行，惶惶逃竄。

佛家講究意念。「意動火工寒」是講意志凝定的境界。要做到無念專一，意一動叫做散亂，意散亂就不會結丹。佛家所講的「定」，就是道家所講的「凝神」，定能生慧，也只有定才能生慧。文字也同樣。定是一條道路。據說走鋼絲的人假如心中稍稍有一絲雜念閃過，便會跌入深淵，他需要一種持久不動的定。定也能夠生靜，生美。具有「定」的人大致不會過於浮躁。定是講法則，凝是講境象；道家說的「凝結」的「凝」，比佛家講的「定」還確實一點。

當代人說話多，人人急著施展、搶奪話語權。豈不知這樣不好，不但心態靜不下

來，難做成事，對健康也不利。「閉塞其兌，築固靈株。三光陸沉，溫養子珠」，在《易經》中，兌卦所代表的東西很多，在人體上兌代表口，「閉塞其兌」就是要閉嘴。不過以道家來講，人身上的口很多，凡是開竅有洞的都是口，最大的是吃飯的這個口。人身有九竅，頭部七個洞，身體下部兩個洞，都是口。為什麼閉嘴巴重要？修道人都知道的一句話：「開口神氣散，意動火工寒。」一個人愛說話，經常用嘴巴，據說不利於身體。

事實上並不是因為開了口，而是精氣神漏了，因為講話時精神、意志、腦力、血液都在發散，都在消耗。一句話講出來，生命全體的機能都要動，所以消耗得很厲害。

看大自然的花草樹木如何在寂靜中生長；看日月星辰如何在寂靜中移動……我們需要寂靜，以涵養己心。我們需要靜謐，以感受到萬物相連的愛，感受大地的情感，聆聽大地的聲音。然而，原本應該跟我們頭頂的天空和呼吸的空氣一樣自然的寂靜，已經不再存在。失去寂靜不僅意味著喪失人的一項特質，而是連人的整個構造也跟著改變。這是一件可怕的事情。

自信的種子

「在真實的生命裡，每樁偉業都由信心開始，並由信心跨出第一步。」這句話告訴了我們自信心的真諦。就好比一顆樹，當它還是種子時，它與其他的種子擁有相同的命運——平凡的生長，可就因為它後來從心底萌發出了自信，一股神奇的力量，使它由平凡走向不凡，逐漸生長成了一棵參天大樹。那是自信給予它的力量，使它走向了成功。

因為有了自信心，在地下沉默一個冬天的種子也才能破土而出，為那第一縷陽光而不懈拚搏。

有個故事，是妹妹在國外擔任訪問學者時聽來的：在公園的一個角落，蹲著一個小孩，看到幾個白人小孩興高采烈地在自己面前玩氣球，他非常羨慕他們，但他沒有信心與他們一起玩，因為他是黑人。後來他也去買了一個氣球，是黑色的，在他放走黑色氣球的時候，賣氣球的老人告訴他：「氣球能升起，不是因為它的顏色和形狀，而是氣球內充滿了氫氣。一個人的成敗不是因為種族、出身，關鍵是你的心中有沒有自信！」後來，那個黑人小孩成了美國著名的心理學家。

自信就要一直保持自我，不為俗人雜事、外部的毀譽改變自己的特色、優勢，堅持

到底就是勝利。《西遊記》中，西行取經、修成正果之中，師徒四人各自發揮自己的強項，互相幫助，克服困難，取經回來也還是他們原來的樣貌、本質。和誰成為旅伴其實不是那麼重要，須始終記得自己才是修行的主體，且行且記得：自己要打主場比賽，其他皆可視為客體。譬如寫作這一行，人家說好或說壞，就能動搖自己的心嗎？成熟之後，就要甩掉對鼓勵、獎賞之類的依賴。一個人，到無論什麼樣的言語都傷害不了的地步時，才是真正的強大。

自信還是一種美妙的人生態度，即使你說：「我這個人不想幹什麼大事，只想生活得快樂。」殊不知，要想生活得快樂，也需要自信。

自信不等於不敬畏。我們的祖先，敬老，敬祖，敬鬼神，敬自然，講究天人合一。人在保證自信之後，更要保證一顆敬畏之心。

人生是一次又一次的出發

「無常粉碎了我們對安全感，確定性的幻想，本以為牢不可破的觀念思想會改變，本以為相伴終身的人不是生離就是死別，健康的身體會突然被疾病打垮，一帆風順的事業會轉眼間破產。由於我們想抓住想依靠的東西本質上是抓靠不住的，所以才會痛苦。」這是希阿榮博堪布活佛在《次第花開》裡說的話。

無常不是人生的某個過渡時期，它是整個人生。

雖然這個觀點有些讓人覺得寒冷，但是它卻是生命的真相。

自古，才子們抒發的大都是對「無常」的情緒。如崔護寫：「去年今日此門中，人面桃花相映紅。人面不知何處去，桃花依舊笑春風。」如李清照寫：「風住塵香花已盡，日晚倦梳頭。物是人非事事休，欲語淚先流。聞說雙溪春尚好，也擬泛輕舟。只恐雙溪舴艋舟，載不動，許多愁。」如李煜寫：「春花秋月何時了，往事知多少。小樓昨夜又東風，故國不堪回首月明中。雕欄玉砌應猶在，只是朱顏改。問君能有幾多愁，恰似一江春水向東流。」如王維寫：「渭城朝雨浥輕塵，客舍青青柳色新。勸君更盡一杯酒，西出陽關無故人。」

……

太多了。大致看看，就像家事糾紛多起於經濟一樣，人生感嘆多起於世事無常。所有的一切，莫不是嘆無常。江山、美人、愛情、友情，都無常。可謂真的是「花無百日紅」，「天下沒有不散的宴席」，又或者是「柳暗花明又一村」。

對，所謂無常，壞的無常是無常；好的，也是無常。允許一切事情發生，因為一切事情都會過去。

這是修行最重要的一點。我們追求安全感，以為有很多的錢，有了房子，有了戀人，有了家，這就有了安全感？那頂多是形式上的。可是，我們是否意識到，當我們擁有的越多，那麼就意味著它可能會失去。正所謂，擁有而失去比從未擁有還更痛苦。這就是很多富人沒有安全感的原因。

所以，我們要從內在去尋找。這個內在是什麼？就是我們的內心，我們的內心去接受無常，接受人的生老病死。我們常說「強大我們的內心」，什麼是內心真正的強大？那就是你的抗摔打能力，抗傷害能力，甚至你的免疫力和自我療癒能力。困難來了，不怕；衰老來了，不怕；分離來了，不怕；甚至當有一天死亡來了，也不怕。是啊，生離死別，物是人非，這就是無常啊。當你有一天學會了接受無常，甚至平靜而淡定地面對它，這才是真的強大。大家都知道亂世佳人郝思嘉——聰慧如郝思嘉，她的「Tomorrow is another day」，明天又是嶄新的一天，深意就是如此。郝思嘉其實已經參透了「無常」，當然，她也是在「無常」中掙扎過來的。從嬌滴滴的無憂無慮的大小姐，到面臨家園被毀、親人死去、暗戀的人娶了別人，到愛她的男人傷心離開，到她必須要拿起獵槍打死侵犯家園的人。

她說，明天又是一次新的出發。所謂「新」，就是要不一樣。所謂不一樣，其實就是「無常」的一個含義。至於「新」在哪裡，那就是值得期待的成分。

創造之樂

一位農人，一直老實施肥，老實灌溉。突然有一天，他異想天開：為什麼夏天不能在午間幫植物澆水呢？

這是個常識：但凡植物，都在夏天早晚澆水，午間澆水不行。我查了查資料，說是：「在中午氣溫很高，植物的吸水和蒸發作用十分強烈，當蒸發強烈時，高溫的土壤突然受到冷水的刺激，土溫迅速下降，根系吸水能力很快下降，吸水趕不上蒸騰失水，

植物就會枯萎。但是也不是完全不能澆水，關鍵是方法要得當。往往到了中午盆土已乾透，如不澆水就有可能缺水枯萎甚至乾死，此時必須澆水，方法是預先將水放在花盆條件相同的地方，這樣水溫和盆土的溫差較小，用這樣的水給植物補水就沒有問題了。」

他開始一點一點澆——先讓一棵南瓜喝一點，然後第二天中午，再多加一點；看看它沒什麼問題，那麼第三天中午開始讓第二棵喝一點……它們居然很快適應了午間的澆灌，生長得特別蓬勃，結出了碩大的果實。那麼大的果實通常是添加了化學藥劑什麼的才會有的。也許就只因為這些南瓜額外得了一些水。誰知道呢？

他因此喜悅。

你看，喜悅不一定非要驚天動地，但一定有所創造。哪怕是一件上不了檯面的事，譬如打破常規，午間灌溉獲得成功。

而所有的創造，無論再小，都是創造了一個世界。譬如這位農人，他創造的，就是一個午間可以灌溉的世界，與午間不能灌溉的世界有了區別。

信任之一

沒有比信任更好的人際關係了。愛好嗎？愛很好，但有信任的愛才是真的好，否則免談。友誼等等，也是這個道理。

我出門辦事，回來時在街口看到葡萄色澤誘人，就挑了幾串，大約一兩百塊吧。一摸口袋——沒帶錢包。

結果賣葡萄的大姐爽快地說：「先拿回家去！之後再拿錢過來。」實在不好意思，再三推脫，大姐說：「我都快生氣了。」心裡暖暖的。

有了前例，膽子更大了，想著再賒瓜子。到攤子上，先說：「大姐，我忘記帶錢，可很想吃瓜子。明天再拿錢來可以嗎？」結果又是如願以償。

大姊給的瓜子還多出好幾塊錢的，那架勢好像還要再多給我一把，我趕緊制止了。那個一推一拉中，彼此都覺得幸福得很（我相信大姐臉上的笑跟我的一模一樣），簡直像極了愛情。

再去還錢時，人家像得到了比該得的鈔票更多的鈔票，我也像得到了鈔票。

親人間信任，譬如夫妻，是最基本的基礎，否則就成為占有欲，拘束得對方喘不上氣，也就談不上愛了。而與陌生人互相信任，更是類似意外之喜的妙事。

這些事情很瑣碎，我都寫進了日記裡，就是覺得如果不記下來，這些心念契合的美好瞬間也許就會很容易被我們忘掉。生活中充滿了這種溫馨時刻，人與人之間建立溫暖連繫的幸福感就是如此堆疊起來的。

不要討厭別人，找人家的優點

我不討厭任何人。這不是我厲害，是聽父親的話而已。

在我很小的時候，父親就說：「不要討厭別人，因為你怎麼看人家，人家就會怎麼看你。」

找看不順眼的人的優點，同時找出自己十條毛病和習慣，只看自己的毛病，別看人家的毛病。看別人全是好的，你說心情多舒暢。如此實踐，就會發現不太順眼的人還有這麼多的優點，比如在家很孝順父母；長得漂亮，眉毛很好看；為人也挺大方等等，就不會看不慣人家了。

看別人不好的時候，其實是我們的內在出了問題，而不是別人出了問題，我們是一切的根源。要微笑，常常鼓勵和讚美身邊的人，把美好的喜悅傳遞給每一個人。這樣做，其實受益的是自己。會遠離煩憂、沮喪、嫉妒，會比一般同齡人美麗，會對未來充滿希望。

看別人不順眼，就像是我們人生路上的霾塵。沒有誰不順眼，沒有誰比你和你自己的關係更緊密，你要和你自己達成平和安穩之態，就內外通透。將霾塵撥開，內在的光明會自行顯現。

知止

我認識的一個主持人，綽號大冰，在電視臺主持節目，在其他地方也客串主持過。他同時也是個作家，工作之餘寫些東西。但他為人更熟知的，是一家酒吧的老闆。

他將自己的愛好總結為：

· 徒步旅行、雪山攀登、背包客

· 原創音樂、詩歌創作

- 油畫、漫畫創作
- 當流浪歌手浪跡天涯
- 當酒吧老闆，下午曬太陽
- 在街上看漂亮女孩

老闆大冰的生意很好，很多人來酒吧附近玩的動機就是要來看看他的店。可他卻嫌人太多，推說「隔壁阿武的「故事」是新開的，很熱鬧，歌也不錯，你們可以帶著我們的酒，去他們酒吧坐坐。」那次我去時，正好聽了這話，忍不住笑出來，說：「你是我見過的第一個往外趕客人的老闆。」

然而這還不是最讓人吃驚的——一位客人拿了他的三本書，請他簽名，他說：「買一本就行了，要三本幹嘛，讀得了那麼多嗎？」不由分說拿下兩本放回去。

不少人覺得他很怪。可也正是因為有這麼多怪人，生活才變得好玩，如果所有人都太正常了，又有什麼意思。我還見過一個古怪的旅館老闆，她天天關著旅館的大門，沒有招牌，沒有指標，只在通往旅館的巷子的白牆上寫著一句話：就在前方，就在遠方。

《大學》云：「知止而後有定，定而後能靜，靜而後能安，安而後能慮，慮而後能得。」這些將多出來的客人朝隔壁推的人，這些將自己的書限量出售的人，這些整天關著店門不知道在想些什麼的人……他們不為得到，卻懂得止步——在誘惑面前，在利益面前，在其實多了就是災難的、絕大多數人都意識不到也拒絕不了的事物面前。而最後卻是這類人得到了——安穩、快樂、幸福，乃至盛名和錢財，而不為盛名和錢財所傷，正是上天恩賜的額外的幸福。這個無關迷信，只是大的因果所致，所謂規律。

保持安詳

當代人知道和自以為知道得太多，因此反遭其害。這在很多方面得到體現。然而人執迷不悟，還在走向深淵。

要留一點未知，供福氣附著。

從已知走向未知，需要勇氣和行動。

可以沒信仰，但不能完全雄糾糾、氣昂昂。要有那樣的人、事、那樣的時刻，使自己因為覺得神祕，不可理解，而存著敬畏。譬如，只要想起陽光以每秒三十萬公里的速度在大地上狂奔而不傷及萬物，我就想到人類的卑微。

人還應該給自己一段時間，回歸到最自然的狀態，當你把這一切都卸下的時候，才會真正面對自己，感覺到安詳。幸運的是，很年輕的時候，我曾有半個月放下一切牽掛羈絆，回歸最自然狀態的機會。在我當時住的地方的西邊郊外，三面環山，一面是樹林。每天傍晚都出去散步，遍地清涼，以為是雨，其實是花開。

每個人很容易就看到花朵怒放，然而又很容易忽視掉，但即便你每一刻都守在一株花樹旁，也無法弄清一朵花的祕密。神靈坐在黑夜裡，從不休息。後來每天早上都出去——凌晨四點四十分，天色灰濛濛，微微有點亮的意思。我有時會看看葉子，一片隨便什麼葉子，都有著繁複的紋理。蹲下來，看小小的葉子，感覺到它的豐富和努力，忍不住心愛而撫，跟它小聲說話。

仔細看，一株秋天的銀杏就能讓大地光輝耀眼。

快黃昏了，天色慢慢地黑下來，就像清晨慢慢地亮起來。這件事真奇妙。我不止一次特意去等待，等待的不是日出——是等待天亮。其中美妙難以言喻。而每個下午，如果我獨自一人，就會不時湧動一種奇怪的感覺。就像有什麼東西進入到身體裡面去，就像一個說不清楚的實體占據了我，不屬於我，但又無邊無際地屬於我。我不再是獨自一人，我的每一個動作，每一句話，都是一個神祕靈魂的體現。

這是我所不能了解的。然而，我享受那種時刻。專注便得自在，純真便得喜悅，而人類的智慧不足以預知宇宙的未來。繼續保持安詳，就會看見，一切的瑣碎美妙。對此我深信不疑。愛許多別人覺得不值得愛的、平凡事物。大概這輩子就這麼活了。我一點也不想改變。

你會說話嗎

上帝造人時讓大多感官雙雙對對，卻讓嘴巴孤獨，未免不是一種警戒。誠然，神喜歡安靜純粹的靈魂，而不是喧囂的肉體揚聲器。動物的世界裡，魚與蛇是最幸福的種類，它們消除華而不實的聲音，因而可以把一切風吹草動都想像成天堂的歌唱。倘若人類的嘴唇只保留親吻與進食的功能，這個世界是不是會因此完美？

不知道有多少人是和我一樣有著輕度的「選擇性不語症」，患這種病症的人，在公開場合不愛說話，暗地裡卻將一腔熱血傾吐到紙張上。這樣一來，於外便容易現出呆訥之相了。但在一個安全的私密空間時，他（她）又會自己與自己交談，有時候是內心裡

的一個意識，不假思索地變成了聲音；有時候則是一種深處的矛盾，相互對抗，也在嘴裡變成輕聲的語言掙扎。每次發生這種情況時，我總是感到輕度的不安。因為任何與常態不同的狀態，往往都被視之為異常。幸好不在乎因此失去多少利益，而將自由、孤獨和不說話看成修行。

事實上，說話是我們每一個人生存的必需。既關係到我們人生事業的成敗，又關係到我們生活快樂與否。

可是，遵從善言、少言與慎言的準則還是必要的，滿口亂說，亂議論，專橫跋扈，實在是折福。「眾口鑠金」、「積非成是」是中國古諺，意思是說，一種觀念或見解一旦眾口相傳，久而久之，就會成為一種強大力量，即使是明顯的謬見，也會迫使人們當作正確的事物而接受。豈不知，那樣的口舌積累，是孽障的積累，到頭來，形成的大錯也會殃及自身。

現將摘錄的有關說話的警言和我自己的感悟與大家共勉：

若真修道人，不見世間過。

來說是非者，便是是非人。

靜坐常思己過，閒談不論人非。
善護口業，不譏他過。
病從口入，禍從口出。
良言一句三冬暖，惡語傷人六月寒。
利刀割體瘡猶合，惡語傷人恨難消。
言多必失。
話多不如話少，話少不如話好。
刀瘡易好，惡言難消。
傷人之言，痛如刀割。
口舌禍之門，滅身之斧也！
智慧人的舌善發知識，愚昧人的口吐出愚昧。
義人的心，思量如何回答；惡人的口，口出惡言。
人因口所結的果子，必飽得美福。

說一句好話、一句悅耳的話，讓人心生歡喜，是在結善緣，於己是功德一件；說一句狠話、惡語，讓人難受，憤怒，嗔恨，是在結惡緣，於己尤為不利。

不說別人的壞話，不議論別人的是非，不挑撥別人的關係，不說漂亮的奉承話，不說粗話罵人、狠話傷人，清淨自己的口意，收攝自己的身心。

以此待人，就算惡意對你的人，也會將一顆變異的心慢慢收納。至少，他（她）被這股正氣攝住，再攪不起渾沙。

世界清平，很多時候就在一張發善言而少惡語的口上。

意趣都從天真來

想起一些清明的詩句：

——「冷地無端笑眼開，只因曾向死中來。」見識過驚濤駭浪的人了，心靈的高地和絕境都跋涉過來的人了，就更有理由三軍過後，冰消雪融，開顏一笑，凌寒獨自開。

——「半開半合榮枯外，似有似無閒淡中。」花開花落，枯榮得失，皆是身外浮雲，似有若無，神閒氣定，方是瀟脫自在。

——「花合花開有正偏，不完全處卻完全。」以物哀之心來觀照萬物，完美是最大的殘缺，適當的缺失才是恰到好處的圓滿。

——「樹有高低枝短長，花開隨處恰相當。」不必在意盛開枝頭的高低錯落，美麗的花朵無論開在哪裡都是一道風景。現在就是最好的安排，就立足於你當下的泥土，生根、發芽、開花、結果吧。

——「花分枝北與枝南，開時便作謝時看。」以殘心的視角來觀望，花開的時刻就已經想到花謝的必然了。從容大度，將一切看成該有的秩序，就得到了恆定的悅納之心。

——「黃底自黃青底青，枝頭一一見天真。」枝頭的果子，黃綠未半勻，泛這青澀的光色，掛在梢頭，玲瓏拼湊，一派生機盎然，意趣都從天真來。

……

想著想著，就心如秋水，塵埃遁去。

若要清醒，一切鑑於流水，一切鑑於止水。春天的水，甚是虛歡薄情；夏水狷介，旺盛不能自持；冬水的決絕，自不可說，是要令人驚懼的。唯秋水慈悲明白，若君子之德行。外象平和，內裡清真廣厚，不迎不拒，不卑不亢。

假設有人在秋後汲水，天氣平和，長眉微垂。或許有橋，再或許有遠煙，與長天一色。秋水流韻，都該比春時清明，比夏時平靜，也比冬時溫和。

秋水的善生保真，清靜無為，正是道的方向。懂得無常，適應改變，隨遇而安，知足常樂，怎樣都讓自己找到相應的安頓，保持一個如如不動的自我，才是生命的大智慧。

在人群中感覺自在，獨處時亦是安然，忙閒隨順，動靜皆美，才是生命大美。

不刻意展現天才靈動，而堅韌、勤勉、刻苦、謙虛、自律，如此去做事情，沒有不成，也會一直喜悅。譬如寫詩，不可以為寫而寫詩，詩歌應該是詩人身體的正常分泌物，是血液和骨肉，而寫作的動機深埋在心底慢慢湧動——種子、石油、火山或戰爭……它應該一直十八歲，懵懂而初開，並充滿衝往前方的能量。

在勇敢如水的生命感面前，一切雜事都是零，包括得與失，都毫無意義，只有自己獨一無二而卓越的生命，它在雄渾蓬勃而無所羈絆。我們需要、渴望這樣的屬於我們的生命，到最後的盡頭能微笑、不懼、滿足和美好如初——嬰兒似的，如源頭的活潑、清澈。

凡事無須刻意，不以任何外界的人與事為中心——人不是為了別人的眼光而活著。那麼一定是為了自己？是的，為自己。但不要以自己的執念為中心，保持通融、靈動。

譬如寫文章：我自己平時的所思所想，願意寫成文字，我就寫。我手寫我心，我希望這個世界上有什麼樣的散文，就寫什麼樣的散文；希望有什麼樣的小說，就寫出什麼樣的小說；希望有什麼樣的詩歌，就寫出什麼樣的詩歌……全憑我一人做主。不為取悅任何人，自在在心。

萬物如水。水無色無味，無形無狀，人們可以給予它各種色彩，可以將它置於各種容器之中，定義它顏色、形狀，它可以純潔到毫無雜質，也可以充盈到滿是礦物質；它會從空中降落，它會穿梭於地面；會以江河奔流，會隨空氣流動……它幾乎存在我們生活的每個角落，和我們相遇於多個地點。水是幾千年自然界給予最美妙的東西，一種依然是水的本質，但總能在液體、固體、晶體、氣體之間騰挪變幻的靈性——「明月松間照，清泉石上流」，是水；「到得前頭山腳盡，堂堂溪水出前村」，是水；「醉看墨花月白，恍疑雪滿前村」，是水；「山路元無雨，空翠濕人衣」，也是水；「但見冰消澗底，不知春上花枝」，還是水；「湖上一回首，青山卷白雲」，依然是水。

人怎樣可以變得有力，既不被熱愛之物所傷，又可以淡定而不倉惶？這是需要每個人在心中找到一個寄託，這個寄託不見得是大家共同認可的宏大理想，也不見得是大家共同認可的一種權勢、金錢、情感，可以說每一個人都有自己的「達文西密碼」，每

個人的生命中都必定有他自己最在乎、最愛的東西。但凡找到這種寄託，會讓人找到這輩子的依憑，會找到自己內心的渴望，從而絕不致惹起爭執，也不報以惱怒的回答，渾身散發出一種使其範圍以內的人都能感應到的柔軟。生命多毀於熱愛之物，卻非可懼之敵。這就需要智慧來中和，譬如水一樣的從容，水一樣的包容，水一樣的謙卑，水一樣的內力……誰接近了水的神聖優美，誰就有福了。

看明代的文人們步履蹣跚、舉步維艱行走在仕途路上，這一群體所遭逢的癥結、瓶頸，無論是體制還是個人的……十分狼狽。可有一個人的名字、事蹟、活法、姿態和精神，都寧靜深邃且明亮，正如水的品質。這個人叫高攀龍，終生可仕可學，可行可止，得的時候得到，當捨的時候毫不吝惜，永遠知道什麼是自己此時此刻最想要的，一切盡在自己的把握。

古聖賢首先是站在個人的價值座標系上，了解了自己心靈的願望，然後才會有宏圖大志，走到這個世界上有所建樹。我們也應該一生建立一個大的座標，對於前方的遠景，找到一個起點，從自知之明去建立心靈的智慧，在我們每一天真正忙碌的間隙裡面，哪怕是給自己一點點心靈上的儀式，也不至於讓自己的內心腹背受敵、七零八落。

在今天這麼一個工業化時代的社會裡，如果能夠調整這樣一套坐標系統，我想我們就可以擁有溫柔的思想的力量，傳遞出一種良善的理念。當內心被光照耀，我們就有理由相信，我們的理想是有根的。

多麼難的「生歡喜心」

金山寺有一塊「生歡喜心」的匾額，簡單的幾個字，卻讓無數到此一遊的人不免沉思。

佛家對「生歡喜心」也許另有深妙的禪意，我卻願意對其作最通達的解讀：讓內心生起歡喜，用歡喜心接人待物。可哪有那麼容易？憐我世人，憂患殊多，人人都是不能避免煩惱之人。為什麼？

好多人會說，世道不公，有人喝飲料，有人只能撿瓶子；有人坐跑車，有人只能騎單車……可是啊，你看不見喝飲料的飲料都變了眼淚，坐跑車的坐在跑車裡哭……人群再熱鬧，人人也都是自己的孤島，誰也不知道誰的煩惱。每個人的身分不同，角色不同，凡事永遠是利弊參半。人生所有的歷練可能都是上天的美意，要從我們的品格上去除汙點和不圓滿處，這個切磋思索的過程，的確不是任何人都能忍受的。

貓愛吃魚，可是貓不會游泳。魚愛吃蚯蚓，可是魚不會上岸，只會上鉤……自然造化賦予了每一樣生靈都有著各自的優點和弱點，每個生靈都是被上帝咬了一口的蘋果。可是，這正符合宇宙和自然的全域觀、整體觀，這就意味著提醒每個物種都要學會有分寸，懂節制，知進退，向內探索，而不是向外索要。

我有一位年輕的朋友，他寫下一則貼文：

「近日，諸事不宜，諸事不順。

當我從街頭走到巷尾，很有可能天上就會掉刀子！刀子插在鞋尖上，沒有砸到腦袋，這是不幸中的幸運；但我不喜歡這種幸運。

所以我想說說我近期的不幸：

種的花都一株株死了，我說的是死，不是枯萎！

寫的東西出版社不採用，這是從沒有過的事情，這回發生了！

邀約的學者不合格，他們一直很優秀，但別人不這麼看，總覺得他們有問題，包括我的老師，也莫名「躺槍」了！悲從心來！

安排朋友編輯的二十本圖書一直無法完成，第一次合作，就出現了很大的問題；一次又一次，修改無法通過；再修改一次，又無法通過。編輯大怒，我六神無主，腦袋暈了，思維亂了！

書法沒有進步，不知道怎麼寫字了。拿起筆心虛手抖！一下筆，腦袋一片空白！牙齒出血，任何藥物都不管用，而我自己珍藏的偏方，對所有人有用，對自己無用！

制定的目標安排，沒有一樣達到，氣急敗壞！

寄出的快遞，被退回來了，地址、收件人、電話都沒有錯，原來是物流送錯了，居然把縣市都搞錯！天啊，這是什麼樣的人會做出來的事啊！

騎車撞牆上了，推著車走居然摔跤了！我真是人才中的奇才！

還有什麼沒有數落出來呢，太多了，數不清了。誠如魯迅先生云：『地上本沒有路，走的人多了也便成了路』。我說：天上本沒有刀子，出來的人多了，便總有某人會被砸中！阿彌陀佛！

當時光不斷流逝，我終將在哪裡？會成為下一個諸事不宜的對象麼？不要緊，抬起頭，繼續往前走。

……」

是啊，很多時候——尤其年輕的時候，我們的身體像火焰，可我們的心卻像燒焦的炭一樣黑，煩受或深陷苦楚，或稀薄寡淡的憂傷。

長大，難道是人必經的潰爛？

你會難過，但無須讓這種情緒成為過不去的悲哀；你會有開心，但不能讓它變成得意忘形的狂喜。一切都該處於可能有極限、但依然在一個平衡的狀態裡面，以及只有保持這種平衡才能欣賞到美。這就需要某種力量才能掌握。我們為它取名叫做「歡喜力」。

歡喜力

世間遇到的種種事情，如山河浩渺，遠看都好，我們不願意再去揭開傷疤。這些疤，就變成自己內心痛苦、不完滿的原因，變成自卑、憂鬱、甚至犯罪、精神分裂等等原因。可以說，每一個人在社會中生活，都會遇到種種難題，心靈都不免被外來的傷害刻下無數的傷口。

還有我們在成長過程中，有種種原因破壞了內心安全感的建立，所以人們的心智往往受到損害，心理往往不健全，於是煩惱浮現。該如何補救呢？就是把自己的心靈敞開，透過人與人之間的交流，慢慢地把心靈原有的安全感一點一點修復、補齊，這樣人的心靈就不缺損了，健全的人格又重新建立起來，身心健康就得以恢復。要透過溝通的模式，慢慢地、徹底地把所有意圖、想像與現實都分析清楚，弄明白，釐清了，整個療程就結束了。其實不要說真的磨難，往往流水在窗下靜靜地流一流，或夜黑得深沉些，一些柔軟的回憶就升上來了，悲傷就來了。人也許還是感性的時候比較多吧。

我樓下的鄰居林姐是位在家居士，她說起她的上師——他對弟子們的回答總是那樣地簡單而清楚，卻不傷人，因為其中包含著很大的愛。他見了湖水，說：「噢，多麼清澈啊。」他見了老鼠在房間裡竄來竄去，說：「噢，多麼活潑啊。」她將那位大德口裡的那個「噢」模仿得無比慈悲。他悲憫，他沒有分別心，他全然歡喜。

當然，那樣的修為不是一兩日的功夫，但是可以努力接近的，因為人人都有佛性。

歡喜的能力如果在一次次的磨難和修煉中強大起來，直到強大到超過了沮喪、自責、愧疚、悲傷、懷疑、恐懼等負面情緒，修復了心靈缺損，是不是就會好很多？那麼，歡喜的能力是一種什麼能力？我想，歡喜的能力如同山林川野所發出的生氣，首先應該是一種積極、正向的態度，蓬勃、充滿希望。歡喜是一種態度。其次，這個能力應該是一種包容、豁達，應該是一種善良、助人為樂的態度。心生歡喜，需要長久的修身養性，在有意識的培養中達成。所以說，生歡喜心很難。現實生活中煩惱之人十之八九，就是例證。

慈悲

什麼是慈悲？就是我們能在遇到任何不愉快時，都能設身處地換位思考，去替人家考慮，為人家開脫。譬如：樓下自己家的信箱，報紙三天兩頭被偷，令人生氣，貼上「再偷就如何如何」之類恫嚇人的紙條，家人都很想乾脆買把鎖鎖上以求萬事大吉。你想著偷拿報紙的應該是個老人（現在的年輕人大多只看手機），也許他很孤獨，也許他很想看看報紙卻苦於沒辦法買到（附近沒有報攤）。再想想，這個誘惑其實蠻大的——等於每天在他經過的地方放一張一百塊，這考驗太苦太煎熬。你這樣想著時，就不免同情，覺得他都有些可愛了，還有點自責了……這樣想多好。

你會說：這樣想的人是個傻子。對，傻人有傻福，人傻一點比精明一點更有福氣。想到別人某種行為背後的難處，接下來才有可能是善意的開始。如果你對他發火，對方不快樂，接下來他做其他事情時，也繼續傳播著這種不快樂。如果他因此而鬱悶成病，豈不罪過？所以，一份偶爾弄丟的、小小的報紙，也是檢驗自己慈悲與否的好時機。

假設你有了慈悲心，不去追究任何得罪你的人做錯了什麼，而是想我有什麼不好，將心比心去體諒，都比憤怒好。即使你默默不追究，也是造化。這遠比讓一個老人難堪和不安來得好。

當你轉念，其實你就轉變了與你接觸的整個世界。話說回來，這種慈悲不單是你對某個人慈悲，更是你對自己的慈悲。因為憤怒的時候，憤怒的情緒是跟著你的，憤怒一直積在你自己身上，最受傷害的是你的身體。對方也難堪——你想想對方如果是自己的父母，你忍心讓白髮人難堪嗎？

另外一種對慈悲的詮釋就是：要對自己好。對別人殘忍的人，都是因為對自己太殘忍。把自己的生命活好，活得精彩，再願意分享出去，這就是慈悲。

但慈悲不是硬堅持來的，它要自然而然出自內心。

接納自己

人一生追求的是什麼？

很多人回答：權利、地位、財富、健康……其實人這一生追求的最終目的是愛、快樂、平安無事。

快樂是由外在事物引發的，它的先決條件就是一定要有一個使我們快樂的事物，所

以快樂的過程是由外向內的，既然快樂是取決於外在的東西，那麼一旦那個使你快樂的情境或事物不存在了，你的快樂也隨之消失了。而快樂，它是由內向外的綻放，從你內心深處油然而生，你一旦擁有了它，外界是奪不走的。

如何愛自己？

愛自己就要全然接納自己。

接納自己的優點，接納自己的缺點，接納自己的成長，接納自己的退步。不再挑剔，不再自責，不再自卑，不再自負，接納全然的那個我。別人讚嘆，如果是實的，就是實事求是，用不著太欣喜；如果讚嘆是虛的，那麼也不值得珍視。重要的，是你自己一直不斷努力進步，過程中意外獲得了一些溫馨的東西。那些有溫度的東西，是你接納自己和別人接納你彼此合璧煉就的真金。

內在的「我」其實是個孩子，他們因為傷痛而拒絕長大，有很多「否定」的負面情緒和能量；同時這個孩子也很天真，有著無窮無盡的好奇心，表達欲和創造力。他們的存在是為了讓我們探尋自己的來處。同時我們也是自己擁有智慧與力量的父母。孩子和父母，他們是我們內在空間的兩個意象，就好像一枚硬幣的兩個面。只要凝神就會發現，原來他們可以用愛連結，因為他們本就是一體的。

你越不允許「我」做什麼，「我」越不快樂，你越改造「我」，「我」越反叛；只有你全然接受「我」，「我」才會很安靜。因此，我們自己要學會和自己在一起，自己要學會陪伴自己。學會自己和自己相處，覺知洞見自己的內心，安撫它喜悅寧靜，讓世界擺在心中。

每個人都有自己的選擇——沒有什麼是唯一正確的，凡事你只要問過自己的心，就應該放開膽量跟著這個聲音走。不管是去是留，決定不是別人能幫你做的，更不需要別人來評價。一定要問問自己的心，你不用逼自己做什麼，因為當內心的聲音足夠響亮，你就會知道要做什麼。別人選擇放棄或堅持，那是他們心底的聲音。不用學別人，只要聽從自己的內心。

除了聽從自己內心的召喚，學會忽略外界的看法，清靜自在；還有一點，那就是找到適合自己各個階段的節奏和重要內容。無論做什麼事情，都把握一個原則：中道，恰當的合適的速度、力道、分寸，才是最好的。而不是求多、強、快等等所謂的極致。因為，極致意味著透支，意味著顧此失彼，意味著緊隨其後的衰退。

每個人都是個體，每個人都孤獨，我們的引領，只能由我們自己的心。雖然我們的引領只能由我們自己的心，但在人生的路上，我們需要每個人與我們在一起。

不向外索求，而更深廣地向內在開掘。如何在這個不健全的社會和時代裡，保有健全的自我存在，才能打造出個體生命的福相。

看淡與成就並不矛盾

禪宗有一句話：「凡牆皆是門。」實質哪來什麼牆和門，一切現象和障礙都是我們自己造成的，當一個人打開心靈之門時，眼前所面對的那扇門也隨之而敞開了，這時透進來的一定是陽光或是整個大自然的氣息。相反，如果與人為敵，製造煩惱和矛盾時，自心就會閉塞，眼前就會出現重重的障礙。一個人，無論他是什麼地位，過哪一種階層的生活，只要他的內心非常安祥，就可以過得幸福。而一個擁有很多物質享受、卻內心紛亂的人，生活對他而言，反而是一種懲罰；擁有得愈多，他的痛苦也愈多。因此，幸福從何而來？要從內心的安祥而來。快樂，來自內心，莫向外求。如果想追求內心真正的寧靜，一定要學會與欲望和平共處——對，不是壓抑也不是縱容，是和平共處。「大丈夫處世兮立功名，立功名兮慰平生。」這是《三國演義》東吳大都督周瑜在群英會上的即興高歌，歌詞直抒胸臆和平生抱負，迸射出濃烈的功名情懷。為此他瞧不起人，狂傲自大，爭強好勝，口出惡言，結果落得個非但功名成泡影，還吐血而亡的下場。按老話說，是本來命裡只有三尺，卻硬拔高成了一丈，承擔不起太大的福氣，謙遜才是有福的；更是性格決定命運。豈不知放低自己，才能看清別人；低下頭來，才會看到地上的黃金。

豈止周瑜，在這片古老的土地上，從古到今，每一個不甘寂寞的人都在圍繞功名二字籌劃、踐履自己的人生，使這片土地上演了一幕幕歷史、社會和人生的悲喜劇。何為功名？功是事功、功業，指在政治、經濟、軍事、社會諸方面的成就。名是名位、名聲，指人生位置的確立和彰顯。由於建立功業，成就事業就能獲得名分和名聲，因此習慣功名並提，但最終重點是名。

毫無疑問，求名、求不朽的人，一生憂患勞頓，煩忙無息，在悲劇一樣壓下來的名霧利霾中掙扎，而不自知自身的悲劇所在，慢慢死而後已的艱難過程。人們沉溺其中卻不知自拔、不能自拔、不思自拔，關鍵在於人們把名利的人生目標看得重於泰山。而在佛家看來，這恰乎是世俗之人最大的無明，最大的愚痴。以佛家的標準衡量，既然諸行無常，諸法無我，萬物本空，名又豈能是實。名不過是一種符號，而以名稱呼的個體生命不過是因緣際會的偶然生成，生命死亡，也就是構成這一生命的條件已經消失，並不

由名決定，可見名是虛的，名又豈能使生命不朽？更何況，追求和渴望生命不朽，應該有一個前提，即：活著就是快樂，全與榮辱無關。否則不朽又有什麼意義？

喜歡一句禪語：「來則有，去則無」，不卑不亢，有著毫不拖泥帶水的灑脫。現代人罹患精神痼疾，自我強迫症以頑固而深沉的姿勢駐紮在人群中，對於來往追逐、整日忙碌早已習慣成自然，人們驅使自己，自己為自己戴上枷鎖。可是這些短暫而無意義的事情，必然在你清醒時現出原形——為虛榮而勞役、為貪婪而束縛、為虛無而委曲求全。只有單純而勇敢、勇於放棄的人，才被稱為了智者，如卡夫卡、梭羅，才會無視生活的規則，轉而重置生活。他們於人世的邊緣散步，步伐堅韌，目光孤獨；他們的生活，被寫成靈光閃爍的哲理詩。也唯有這種生命痕跡，才具備意義——既是最孤獨的清教徒，也是最燦爛的帝王。

智者不是讓一切變得更好，而是允許事情變得更壞。智者接納事物的正反兩面，發現好的可能，也容忍壞的存在，真正的智者是胸懷廣大、如實生活的。在他心中，無所謂好壞，事情來了，就接受它；事情走了，也不眷念。所謂隨緣散化，看淡一切。

看淡世事與保持生命活力看似矛盾——但其實並非如此，看淡世事與放棄人生並不是劃等號的。在很多時候，人們並不是執著於事情的本身，而是這件事情之外的很多東西，比如在做學術研究的時候，很多人是為名、為利；比如很多人工作的時候，會為權、為勢；當我們對這些看得太重的時候，那麼於事情本身來說是無益的，自然也無法有所成就。

古今大成就者，都是執著於事件的本身，而不是執著於本身之外的東西。如果馬拉度納不是本身熱愛足球，而是為了生計，他踢不到那麼出神入化；如果愛因斯坦是為了糾結於多少學術研究基金，也沒有他後來的成績。

看淡與成就，並不是矛盾的，而是相互依存的。

不要「我的」

有這樣一個故事：

一個國王厭煩了王宮裡的日子。某天獨自出去散步，走到很遠的鄉下，肚子餓了。他在農人的茅屋邊，看到一個老人在烤蕃薯，香噴噴的。他沒帶錢就上前去說：「老人家，分一點給我好嗎？」老人說：「不行，要吃就得先鋤地」。國王沒有辦法，就為他鋤了一個上午的地，之後就和老人一起吃蕃薯，覺得太好吃了，他從來沒有吃過那麼好吃

的食物。後來他回宮去了。一段時間之後，他很想念那個老人的烤蕃薯，就去讓人把那位老人請來。

我想，大家都猜得到故事的結果。等老人烤好了蕃薯給他的時候，他卻是食之無味。因為他從前覺得老人的蕃薯好吃，是因為他又累又餓。

我相信，所有人都曾有過艱苦的日子。在艱苦坎坷的日子裡，能有一點點享受，你會很感恩，也會覺得豐富和飽足。沒有工作的時候，找到一份不起眼的工作，哪怕薪水很少，也會覺得滿意。但這樣的日子一長，看到別人吃好的、穿好的，開名車，就想起了「我的」二字，對比起「我的生活」，就難過了。

這就是由在乎「我的」二字而導致的「貪」字。只要這個字在心頭，一個好端端的人就萬惡叢生，不得安寧。

至深而淺，至明則空。如果心中淡化了「我的」這個概念，痛苦也就不存在了。將一切都攬在懷裡，說「這是我的」、「那是我的」、「都是我的」……累也累死了。豈知道你要得越少越輕快。

人的惡習中，貪是最難去除的。所以，不妨把這五個字「去貪則清涼」寫個條幅，掛在牆上。每天看、每天看，慢慢淡化自己的貪念。久而久之，就對「我的」二字麻木了。

平常事

莊子在濠上觀魚，嘆息道：「魚兒真快樂啊！」魚兒沒有一分錢，沒有社會地位，沒有名氣，沒有任何技能，也沒有任何奢侈品，看不到電視，坐不上汽車，也沒出過國，身上一件衣服都沒有……可是它們快樂。明代金聖歎曾寫過三十三則有關人生「不亦快哉」的樂事，其中沒有幾件事是需要多少條件才能做到的事。比如熱天切開一個大西瓜之類，就可以為你帶來很大快樂。

宋代大文豪蘇東坡說：湖上的清風和山間的明月，取之不盡，用之不竭，還不花錢，就可以給我們極大快樂。

回憶一下一生中快樂的時刻，你會發現那也都是一些很容易得到的時刻。我去演講，回來打開電腦處理工作，就發現有聽眾已經自動將錄好的影片發到信箱——總共兩個半小時，我不知道他是怎樣拍攝的，又不是專業的（是位教師）鏡頭有時不穩、晃動。手腕應該很累吧？讀者生了女兒，發簡訊給我報喜，連時間都精確到幾分幾秒。也許她是集體轉發的，但那有什麼關係？做這種事情，是她將你納入了親友的行列。

我每每暗自感到溫暖，胸膛和眼睛都發熱，就為了諸如此類的小事情。不為別的，

就為了這些，有什麼理由懶惰不寫下來？

快樂這麼容易，為什麼擁有快樂的人這麼少呢？因為人們都以為擁有快樂需要很多條件，以為要付出巨大的努力和代價，才能換來少許快樂。譬如你為了得獎而去寫書，寫啊寫啊，很苦很累，得獎了，非常開心。但開心很快就過去，你不會將那個金光閃閃的獎盃放入回憶，尤其是當人老了，腦子裡記住的可能是一朵花開的香氣，是戀愛時分的心醉，而不是一座獎盃。

其實，擁有快樂不需要什麼條件，只需要你有一顆純潔和立意要給人家快樂的心。

與貪欲溝通、交流和較量

我們通常所說的貪欲，大部分是指物質欲。

在某種角度上說，沒有物質的發展就沒有人類的發展，以及時代的進步。物質欲有時就是願望，一個是貶義，一個是褒義。是貶義，屬陰；願望是褒義，屬陽。俗話說：「人為財死，鳥為食亡。」其實都是物質欲惹的禍。如果捨棄了這些錯誤的想法而產生正確的想法，人與人之間就不會有你爭我奪的事情發生，說到底這些人最後都成了金錢的犧牲品。

我們在物質世界裡探索、不斷獲得的過程中，不能忘記自己的內心世界、精神修養，不能不在乎內心的呼喚。往內心走，就好像人類發現火怎麼使用一樣的重要。因為當人類會用火的時候，這個世界就光明了。當我們把內心點亮的時候，我們的內心世界才會光明。

我們並不排斥物質，並不拋棄物質，而是要豐富物質，滿足自己的物質希望。在滿足的同時，要重視心靈的需求，這樣的發展才是平衡的。就像一臺車子是由四個輪子支撐一樣，它走得很平穩。如果一臺車子只有三個輪子來往前推，那它的平衡性就會很差，很容易翻倒在地。通常，人們都習慣為貪欲穿上邪惡的外衣，提醒自己和人們要控制；卻為願望穿上美麗的服飾，戴上理想的帽子，引領自己和人們為之付出不懈的努力和辛勤的勞動，窮其畢生之力，一定要實現。如果脫去「外衣」，實際上兩者一樣美好，沒有分別，本是同心同體，都是人們對美好事物的追求和渴望，都是人們熱切期待的、還沒有實現的理想和追求。

貪欲無處不在，人們的一生，都是生活在貪欲之中，都在和它進行溝通、交流和較量。這個過程就是找到我們心靈祕密的過程，就是照料我們「心靈花園」的過程。這個過程將會伴隨我們一生，伴隨我們將來無數的時間。因為人都有靈魂，都有精神，所以

我們不能缺少精神的滿足、精神的食糧。所以，遲早都會進入這個領域，不可能超越這個領域，這是每個人都要經歷的。在這個世界裡，我們會遇到無數的人群，和每個人打交道，和社會打交道，這就是鍾鍊我們靈魂的過程，是讓我們靈魂投入到熔爐裡、不斷地熔煉錘打、反覆去掉雜質的過程。

日常生活中，每個人都有貪欲。貪欲是精神思想的執念，貪欲是身體的執念。仁者見仁，智者見智，想方設法，更好發揮自己的聰明和智慧，調節平衡好兩者的矛盾和衝突，彼此相融，生生不息。對人生來說，有所為，還要有所不為，才是合理的和諧的，捨棄本身就是一種智慧、一種清醒，更是一種金錢買不來的財富。捨棄世間的浮華欲望，捨棄虛妄，捨棄一切本不屬於自己的東西，我們才可能獲得智慧，無價之寶的「財富」，正所謂失不了假就得不到真，失不了邪就得不到正，失不了貪心就得不到清淨。

諸葛亮在〈誡子書〉裡說：「夫君子之行，靜以修身，儉以養德。非淡泊無以明志，非寧靜無以致遠。」後世人多捧為座右銘，然而，在今日社會急遽轉型的時期，有多少人能做到這種境界呢？混得一官半職的，一旦重權在手，就再也靜不下來，刻意強調政績，脫離群眾，高高在上，甚至貪汙受賄，包養情婦。當了老闆富人的，一擲千金，花天酒地，開名車養小模，忘了感恩社會、回報國家。成了名人明星的，追求超前享受，熱衷應酬，陶醉於鮮花掌聲之中，再也回不到當初奮力打拚、甘於孤寂的生活狀態。有位畫家長期養成午睡的習慣，平時除了作畫就是喝茶，偶爾與朋友小聚，也很快作鳥獸散，不喜歡熱鬧太久。但有一天他再也睡不下了，原因是他的兩幅畫賣出了高價。他開始成了大忙人，頻繁出入各種沙龍，各式飯局，想到存摺裡那不斷增加的數字，夜夜興奮得輾轉難眠。以前倒頭就睡、自然醒的天堂般日子，因為名利困擾，再也不復返。

得到了金錢，失去了睡眠。很多人陷在了這個無解的惡性循環裡，有的願打願挨，有的實屬無奈。真的很難講這是禍是福。

煩惱的益處

煩惱並不是一無是處，因為人在煩惱之中能發現自己。發現自己什麼呢？比如說，煩惱的時候我們會發現自己的無知，自己的虛偽，自己的真與假，還有自己身體的虛實，能力的高低，人際關係的好壞等等。

很多時候，我們煩惱，是因為我們不接受現實。我們考試失敗，卻不敢接受，整天沉浸在「我不應該失敗」的念頭中，反覆折磨自己，逃避自己失敗的現實。「我不應該

失敗」的念頭是我們痛苦的根源，而不是失敗，畢竟誰都會失敗。「那是真的嗎？」「我們能百分之百肯定我們不應該失敗？」「事實是什麼樣子呢？」透過這些反問自省，我們明白，其實我們的觀念與現實相反。而透過「有『我們不應該失敗』的念頭時，我們會有什麼反應？」「沒有『我們不應該失敗』的念頭時，我們會有什麼表現？」讓我們發現，我們快樂與否，真的只在一念之間。

世界上很多的事情我們無法左右，而我們卻想要控制，但結果肯定是控制不了，於是我們痴心妄想，我們痛苦不堪，我們認為都是別人的錯、社會的錯、現實的錯……但卻唯獨不是我們的錯。當你意識到其實是自己的錯時，煩惱就會消散。

難道我們不需要去改變那些我們認為「不好」、「不對」之類使我們煩惱的事情了嗎？難道我們就煩惱著什麼都不做嗎？當然不是，我們可以做自己想做的事情，但我們不能強求別人和現實。我們可以「建議」、「鼓勵」、「請求」、「引導」、「影響」、「感化」、「同化」……別人，但我們不能「要求」、「命令」、「強迫」、「強求」……別人。

人生注定充滿煩惱，人都是不甘寂寞的，因為對生活充滿希冀與渴望，所以每個人都會煩惱。還因為每個人都不能保證自己健康長壽，長命百歲，即便是知道自己能長命百歲又怎能不對病痛與死亡憂慮呢？何況我們不知道。

煩惱是難免的，但煩惱是人生的一個實踐過程，它能讓人成熟，它也是一種磨礪，讓人考驗自己的意志與耐力；它還是一種試煉，讓人增加生活的勇氣；它還有可能成為一種經驗，讓人懂得平淡是福的真諦。

從大的方面講，當理想破滅，事業受挫，煩惱會久久地停留在我們心中。從小的方面說，當對某些事情感到力不從心之時，我們也會煩惱，比如經濟窘迫，愛情無望等等。有時候理想破滅不是我們努力得不夠，有可能是理想不切實際，但我們始終認為那應該是完全能夠實現的，只是我們受到了干擾或謀算，或者是我們無可依靠而能力有餘。這種情況是讓人最為失望的。失意之人煩惱事多，但你從整個過程中，完全能看清他人和自己，認識自己也許比看清他人更重要，因為生命的價值不是為了依靠，也不是為了實現某個願望。比較一下那個願望與自我價值的輕重，就能知道我們為其煩惱與消沉值不值得。

事實上，煩惱的時候多了，人會變得冷靜，這好像是個悖論。這話對不對，煩惱的時間長了就知道。冷靜有什麼用呢？依舊是惆悵，依然是悶悶不樂，但不知你意識到沒有？煩惱其實是一種感情。因為我們不是感到屈辱就是委屈，不是感到痛苦就是感到沒有安全感。

我們從這種感情中能發現什麼？不是遺憾，也不是失落，更不應該是追悔，因為這些都是沒用的。當然，也不能是懷疑，也不能是放棄，更不能是輕視，因為這些對生活有害無益。我們能否從中學會自愛，尋找新的希望，確立新的生活目標和方向。

煩惱來襲，它能使一個原本堅強的人變得灰心喪氣，使一個脆弱的人更加怯懦自卑，煩惱的時候，人是最善於打擊自己的，一個人經常打擊自己是人生最可悲的事。煩惱讓我們發現，一個人在煩惱中常常會否定自己，懷疑自己，讓希望黯淡，讓信心喪失。換句話說，就是煩惱之中我們在不停地打擊自信，自信心的缺失完全會毀滅本來有希望的人生。

能治癒煩惱的不是方法，而是智慧。其實，能在煩惱中發現自我的真實，需要修養，需要境界，事實上，煩惱和自身彼此是互相的，如果我們的心在一個安定平和的狀態中，就沒有任何東西可以傷害到我們。這種境界恰恰是在煩惱中找到的。所以儘管人生會煩惱不斷，而怎樣生活卻取決於誰能從煩惱中最快地退步抽身，並用冷靜的思考獲得關於煩惱的看法和認識。也許就是這些看法與認知，決定著我們的命運吧——沒有人能使你煩惱，沒有人能使你受苦，沒有人能使你放棄事業，沒有人能使你放棄理想，所有的這些抱怨都是你為自己編的故事，因為要什麼樣的人生，那純粹是你自己的事。

這也是老天爺一番教訓

拉遠了看，人類這種動物，他會搞出各種遊戲，然後玩各種遊戲來傷害自己，不是很好笑嗎？然後才會產生悲憫，或許會有一點點覺悟和進步。

京劇《鎖麟囊》中有一段唱詞：「想當年我也曾撒嬌使性，到今朝哪怕我不信前塵！這也是老天爺一番教訓，他教我，收餘恨、免嬌嗔、且自新、改性情，休戀逝水，苦海轉身，早悟蘭因。」是教人吸取生活的教訓，早日領悟人生大道的。

某企業家曾對兒子說：「等你到了二十三歲，我就將公司的財政大權交給你。」誰知道，兒子二十三歲生日這天，企業家卻將兒子帶進了賭場。企業家給了兒子二千美元，讓兒子熟悉牌桌上的伎倆，並告訴他，無論如何不能把錢輸光。

年輕人連連點頭。企業家還是不放心，反覆叮囑兒子，一定要剩下五百美元。年輕人拍著胸脯答應。然而，年輕人很快賭紅了眼，把父親的話忘來了個一乾二淨，最終輸得一分不剩。走出賭場，年輕人十分沮喪，說他本以為最後那兩把能賺回來，那時他手上的牌正在開始好轉，沒想到卻輸得更慘。

企業家說，你還得再進賭場，不過本錢我不能再給你，需要你自己去賺。年輕人用

了一個月時間去打工，賺到了七百美元。當他再次走進賭場，他給自己定下規矩：只能輸掉一半的錢。到了只剩一半時，他一定離開牌桌。

然而，年輕人又一次失敗了。當他輸掉一半的錢時，腳下就像被釘了釘子般無法動彈。他沒能堅守住自己的原則，再次把錢全部押了上去，還是輸個精光。企業家則在一旁看著，一言不發走出賭場，年輕人對父親說，他再也不想進賭場了，因為他的性格只會讓他把最後一分錢都輸光，他注定是個輸家。誰知企業家卻不以為然，他堅持要兒子再進賭場。企業家說，賭場是世界上博弈最激烈、最無情、最殘酷的地方，人生亦如賭場，你怎麼能不繼續呢？

年輕人只好再去打工。當他第三次走進賭場，已是半年以後的事了。這一次，他的運氣還是不佳，又是一場輸局。但他吸取了以往的教訓，冷靜了許多，沉穩了許多。當錢輸到一半時，他毅然決然地走出了賭場。雖然他還是輸掉了一半，但在心裡，他卻有了一種贏的感覺，因為這一次，他戰勝了自己。

企業家看出了兒子的喜悅，他對兒子說：「你以為你走出賭場，是為了贏誰？你是要先贏你自己！控制住你自己，你才能做天下真正的贏家。」

從此以後，年輕人每次走進賭場，都給自己制定一個界線，在輸掉百分之十時，他一定會退出牌桌。更往後，熟悉了賭場的年輕人竟然開始贏了：他不但保住了本錢，而且還贏了幾百美元。

這時，站在一旁的企業家警告他，現在應該馬上離開賭桌。可頭一次這麼順風順水，年輕人哪捨得走？幾把下來，他果然又贏了一些錢，眼看手上的錢就要翻倍——這可是他從沒有遇到過的局面，年輕人無比興奮。誰知就在此時，形勢急轉直下，幾個對手大大增加了賭注，只兩把，年輕人又輸得精光。

從天堂瞬間跌落地獄的年輕人驚出了一身冷汗，他這才想起父親的忠告。如果當時他能聽從父親的話離開，他將會是一個贏家。可惜，他錯過了贏的機會，又一次做了輸家。

一年以後，企業家再去賭場時，年輕人儼然已經成了一個像模像樣的老手，輸贏都控制在百分之十以內。不管輸到百分之十，或者贏到百分之十，他都會堅決離場，即使在最順的時候，他也不會戀棧。

企業家激動不已，因為他知道，在這個世上，能在贏時退場的人，才是真正的贏家。於是企業家毅然決然，將上百億的公司財政大權交給兒子。

聽到這突然的任命，年輕人倍感吃驚：「我還不懂公司業務呢。」企業家卻一臉輕

鬆地說：「業務不過是小事。世上多少人失敗，不是因為不懂業務，而是控制不了自己的情緒和欲望。」

每個人都有控制自己的那道難關要過，每個人真正強大起來都要度過一段沒人幫忙、沒人支持的日子，所有事情都是自己一個人撐，所有情緒都是只有自己知道，但只要咬牙撐過去，一切就都不一樣了。這個故事另外告訴我們：大成就的祕訣是——要沉下心做別人不做的和做不到的，而不是與人爭。

修行

人的心靈，究竟有多大的能量？自己反省自己曾經做過的事、說過的話，會覺得和兩千年前的古人相比，是慚愧的，覺得自己十分的渺小而微不足道。讓中國傳統的哲學、宗教經典注入靈魂，改造浮華、自私、功利的心。這樣的改造過程是辛苦而漫長的，好像體驗一段棄世之旅。然而值得。

慢慢就會覺得，以前那些讓人忿忿不平的齷齪事和人，都可以坦然面對，不再因為它們詆毀了自己的心意而拍案而起；以前那些深深刺痛的話語和作為，現在都可以「寬恕」的心態去面對。學著利用心靈的力量，處理好那些曾經讓人只能以「生氣」、「憤怒」等方式來表達和反擊的言行。也許會遭到外界的白眼與不屑，或者不解和困惑，但是就像一塊美味的巧克力蛋糕，你開始試探地舔食，甚至你的腸胃已經無法分解濕滯的甜膩，但你還是不能拒絕味蕾的好奇。你已經意識到這股癮，所以依然故我，好像在唱一首絕望而又甜蜜的歌，一直到不能自拔，漸入佳境，才脫苦得樂。

修行不是一味盲目崇古，而是對自己、對他人責任心的體現。

真正的修行，是勇於面對自己的痛苦。當你聞到了自我散發出來的臭氣，你看到了你的嫉妒、你的憤怒、你的殘忍……你能否如實面對自己？你不評判自己，你像發現珍寶一樣去探索自己，那就是愛自己的開始。你接納自己，才會允許別人身上也有一樣的東西。人生才會變得輕鬆，不再掙扎。你要對自己的內在很誠實——內在誠信，走過這個痛苦的過程，才能實現對自我的信任，對自我的接納，對自我的尊重。

要修煉內心的力量，就要保證一個人能夠與自己獨處的時間。而獨處的時間長短往往決定了其內在宇宙的廣袤程度。任何對於智慧的了悟，都需要以自我的獨處為基礎，生命本身是需要經驗的，一個人每時每刻都是全新的，都需要獨處，深入解剖自我。靜心、瑜伽、內觀、禪定，甚至工作——工作是很好的修行，享受工作本身，工作中的每

個片刻，其實就是在矯正自我，使身心和諧。這些修行方法要做的正是主動遮蔽掉與外界的聯繫，將所有能量的投注收回內心，集中注意力在生命之源，萬物歸一，和自己在一起。作為一生所為最有價值的部分，修行甚至具有先驗的神性。我們該如何證明神的價值？或者，證明神比人更有價值？

雖然心靈的修行過程並不容易，其中的很多事情也許會一次次地重複，但是當你認識到功利、浮華、謀私、弄權者、勢利的人群、積習等違反自然的東西，那些妄圖困住人的惡魔其實不過是虛幻的影子，而時光飛快，要做的事情、要看的美景那麼多時，你的心會得到安寧的。

修行不是避世，小隱隱於山，大隱隱於世，真正的修行恰是在紅塵中，了解了事物背後的本質，反而能夠更好地指導自己的生活，那是一種旺盛的永不消逝的生命力。

回到中庸

做一個具有出色EQ的人，其實就是要做一個深諳中庸之道的人。致廣大而盡精微，極高明而道中庸。確是如此，一個人狀態最好的時候，正是這樣的——廣博、闊達、中正、調和、精微。能夠從全景的視角看待問題，又兼顧局部細節，從容不迫。一切都把握在恰到好處的節奏上，不跑偏，不走旁門左道，而是堅守大路，寧肯慢一點，也要方向正確，方法得當，保持中道的持久穩健。

面對自身的不足，不藉口，不推託，不遷怒，反而更確立了一種勇敢承擔的姿態。管理好自己，其實是最低成本的解決問題和完善問題的方案。改造他人，何其難也，且充滿變數；而做好自己的工作，搞定自己，相對來說可駕馭、能勝算的指數就要高得多。如果說人世間有什麼捷徑的話，那就是：永遠從自身找答案。擺平自身的人，才能擺平一切。

人性的弱點是普遍的，不普遍的是你如何把缺點、不足變成優勢、長處。喜歡安靜、獨立行事，顯得不是那麼合群，會失去一些機會；但是有時候，也使得你能夠作為少數人而具有一定的稀少性，而且能夠使你避開車馬喧囂，專心致志，在心中修籬種

菊。如果更進一步深諳人性幽深處的祕密的話，你會發現，其實人們往往並不希望自己身邊的熟人甚至朋友比自己成功，羨慕嫉妒恨的競爭排斥定律，更適用於最熟悉的人群之間。這其實並不難以理解，商業中還有兔死狗烹的現象呢。保持一定的距離，自然是有社交安全感、人際審美的講究的。

我們還發現，享受本應是一種人生的特殊體驗，但是越來越浮躁的現實世界裡，我們卻逐漸背離了享受的本質——我們變得提得起，放不下，為了享受而享受，把占有當作享受的終極目的。很多人都認為享受就是獨占，獨占物質、自然、虛榮，獨占所有的好，卻把所有壞的都留給別人。於是有人為了擁有財富而目不斜視，有人為了追求權勢而心無旁騖，放棄了許多美好與真誠；於是有人在獲得金錢的同時喪失了廉恥與自尊，在得到權勢的同時失去朋友和真情；那些沒有獲得金錢權利的會高聲慨嘆：上帝對我不公平，人生真是一場痛苦的煎熬。

為什麼我們享受不到人生的真味？

因為我們變得不再從容自信，放棄了人類與生俱來的天性：友好與真誠。於是我們開始自私、冷酷，不再關注別人，人人都戴上了面具，人人都只看到了虛偽和缺點；我們把風雨看得太寒冷，把「敵人」看得太強大，把前途看得太渺茫，把得失看得太重要，把同類看得太醜陋了……於是我們開始心浮氣躁，希望快速擁有金錢和權力；我們更加在乎形式而忽略內容，更加在乎結果而忽略過程；小小的挫折也會令我們一蹶不振，鳥語花香也會感覺淒然。

其實我們每個人都很富有，生來就擁有財產：我們擁有四肢、五官和身體，健康和生命；我們擁有陽光、空氣和水，擁有食物的香甜和到點即睏的睡眠，擁有大自然，擁有書本的知識和智慧，思想和觀念；愛情、家庭和事業；擁有快樂的生活……難道這些還不夠嗎？一切皆是天賜。擁有這麼多了，失去一點什麼的時候就要想開，好事情不可能都落在一個人的頭上。耐心等待這個「失去」過去，因為無論好的還是壞的，一切都會過去。莊子曾在妻子過世時鼓盆而歌，想來我們絕大多數人做不到那麼豁達，但忍耐還是必須的。

說一則基督教小故事：曾有一位教徒問上帝：天堂究竟在哪裡？上帝說：就在這裡。教徒不解：這裡？我為什麼感受不到？上帝說：如果你心中有天堂，無處不是天堂；若你心中沒有天堂，就算你已經置身於天堂其境，也是視而不見。似乎有點唯心論的感覺，但事實也的確如此。

佛家也有「色不異空，空不異色；色即是空，空即是色」的經文，是叫人們看清事

物的真相，這句話通俗點可理解為：物質決定意識，意識反映物質，物質和意識是相統一的；所有的物質全在人的意識反映當中，而且是「相對的存在」，你當它們存在它們就存在，你當它們不存在它們就不存在。有人說佛家這也是唯心論，我個人認為，只是大家對世界認知的角度不同而已。在佛家看來，事物本身沒有好壞、多少之分，關鍵在於你自己怎麼看待它們，所以佛家認為「空中無色」。於是不少人看透，心中不再有雜念，無欲無求，剃度出家。

既然更多的人慧根不具，還有分別心和各種欲念，不能都剃度出家專心修行，那麼，就將這個「空」從積極意義上來詮釋吧，用另一種方式去修行。也基於此，我們更應該好好地享受人生，享受清涼和炎熱，溫暖和寒冷；享受四季、時間和空間；不僅僅享受休閒平和與寧靜，也享受忙碌與煩躁；享受青春和活力、衰老與遲緩；享受緣起時的相愛與歡聚，也享受緣盡時的失落與別離；享受酸甜苦辣、悲歡離合、順境與逆境；享受富有與貧窮，享受一切的物質和精神……享受這些「分別」，這些「欲念」。

大地是個無限恩慈的收容所，我們完全有理由變得更快樂。其實造成不快樂的原因往往不在於別人而在於自己，因為快樂是自己的一種感覺，並不受別人控制和決定。只要我們有享受痛苦的心情，就能隨時迎接撲面而來的傷害，所以要相信上帝對一切了解於心，必會公平安排。失此，必會厚彼。給予我的，我將承受；沒有到來的，我將靜靜等待。當痛苦不可避免地出現的時候，逃避是無用的，還不如回過頭來，順應自然，像對待一場分娩。或許有一天早上醒來，你會發覺自己已經從痛苦中走了出來。就像習慣喝黑咖啡後，愛上了舌尖留下的那些甘醇，得到一種曲徑通幽的滿足。

中者妥當，庸者平常。可行可止，進退得當，本意是既不失去精進之心，又別為物所累。人好像一輩子都是在有意無意中找尋這兩種狀態的平衡。

回到中庸，其實就是回到日常，回到本源，回到常識。時光，它為我們帶來很多東西，也讓我們失去了很多東西，但中庸之法不老。有些東西，並不是越濃越好，要恰到好處。做一個安靜細微的人，於角落裡自在開放，以不以引起過分熱鬧的關注為樂事，保有獨立而順意的品格，就很好了。到最後，我們會發現，讓我們持續快樂和得到幸福的，不是衝天炮一樣的成功或大喜事，而是平平淡淡、一切如常。

信任之二

一艘貨輪在大西洋上行駛。一個在船尾打雜的黑人小孩，不慎掉進波濤滾滾的大西洋。孩子大喊救命，無奈風大浪急，船上的人誰也沒聽見。

船越來越遠，孩子的力氣也快用完了，實在游不動了。他漸漸失去信心。這時候，他想起了老船長那慈祥的臉和友善的眼神。不，船長一定知道我掉進海裡，會來救我的！想到這裡，孩子鼓足勇氣用生命最後的力氣又朝前游去……這時船長終於發現那黑人小孩失蹤了，當他斷定孩子是掉進海裡後，下令返航，回去找。這時有人規勸：「這麼長時間了，就是沒有被淹死，也被魚吃了……」船長猶豫了一下，還是決定回去找。又有人說：「為一個黑人小孩子，值得嗎？」船長大喝一聲：「住嘴！」終於，在那孩子就要沉下去的最後一刻，船長趕到了，救起了孩子。當孩子甦醒過來後，在船上感謝船長的救命之恩時，船長扶起孩子問：「孩子，你怎麼能堅持這麼長的時間？」孩子回答：「我知道您會來救我的，一定會的！」「你怎麼知道我一定會來救你？」「因為我知道您是一個值得信任的人！」聽到這裡，白髮蒼蒼的船長一把抱住小孩，淚流滿面：「孩子，不是我救了你，而是你救了我！我為自己在那一刻的猶豫感到羞恥……

」生活又何嘗不是？在這個物欲橫流的社會，我們對誰又真正地相信過？許多人都帶著虛假的面具面對彼此，生怕向對方暴露一絲真實面目，而人人都有話語權的自媒體時代，免不了說話會有幾分誇大不實——我們見過聽過的「唬弄」不在少數。我們記住了「防人之心不可無」，卻忘記了「害人之心不可有」。有些人早已拋棄了「信任」二字，更別提像故事中的黑人小孩一樣把自己的整個生命都賦予了「信任」。在現實生活中，我們應該有勇氣去打碎自己虛偽的面具，向對方赤裸裸展現自己的真實，把對方看作是自己，相信他人也就是相信自己。反之，猜疑他人便是猜疑自己。一個人能被他人相信是一種幸福；他人在絕望時想起你，相信你會給予拯救更是一種幸福。

望著光明，你就在光明裡

每個人的人生都不一樣，但是每個人都會經歷生老病死，在喜怒哀樂的洗禮中成長、成熟。生命中的每一關每一難都是可長可短的，全看自己的心境如何轉換。人相信有神，神就在人心中；人若不信神，人就會離神越來越遠。深深地感受並信賴：最卑微的事物裡，也隱藏有詩意和喜悅。衷心感謝萬物，滋養人生。

我可以捨棄由肉食與澱粉所帶來的味蕾的燎烈，卻無法捨棄一杯烏龍茶的溫柔；我可以捨棄華服的光鮮，卻難以忍受無法沐浴的狼狽；我可以孤獨，但不能沒有書籍、音樂、信仰和愛——這些東西已經成了提供我肉身與靈魂成長的唯一養分，它們滲透進我的皮膚、臟器、骨髓，和每一個提供條件反射的神經末梢，及至整個自我。更多的時候仍是閱讀，在橫列的方塊字裡，生命清心寡欲，春天停駐腳步，刀刃與束縛被消除，死亡的親近感油然而生——孤獨的肉體的旅程終止，我們回家，回歸無限，回歸一個最為安穩的收容所——宗教——祕而不宣的容器，一味收取，卻永不膨脹，它有著隱祕次序，使一切有條有理，平靜安穩。在一個人被各種虛幻事物所包圍、人和人無法深入交流的時代，我選擇與永恆之物為伴。

這一切都讓這一生變得更有意義。美好的事物是每一個人都在追求的，得到或得不到後果或許一樣，也可能不一樣。要不然就不會有「早之如此，何必當初」的感嘆了。古人真的比較單純，他們的歌聲音律簡單，填啊簫啊什麼的，都便於演奏，但是聽在人的耳裡、心裡，是很平靜祥和的；現代音樂不但多音，樂器種類複雜又多元，聽在耳裡、心裡，卻缺少那種神遊天外的寧靜。有個非洲部落的人，他們就算在眾生喧譁的市聲中，也能聽見微弱的蟋蟀之音，剔出那一點點的美妙為自己的生命所用。我想那真是他們的福氣。我願意將那類的人——我們的古人和非洲有著獨特耳力的民族——稱為光明的人。

望著光明，你就在光明裡。

存一點神祕在心中

我曾經在朋友買下的一塊農田裡「做義工」，種植、施肥、澆水。辛勤勞動。

就像一針一線地縫補衣服，你會看到一個過程：在時間裡，一樣東西一點一點地變成另一樣東西。烹飪也一樣，水和麵粉等材料混合在一起，加熱，等待，看著它像魔術一樣變化，然後吃下去，變成自身細胞的一部分。十分奇妙的過程。

從最樸拙的事物開始學習重新了解這個世界：一顆果實的成長過程、一片樹葉中不同層次的綠色、一朵花的形狀與淡淡香氣……所有的一切都讓我好奇，繼而對事物有了發自內心的敬重和珍惜。

這些細微的不為人注意的事物，時時刻刻在教我們明白一些道理，在與事物相處的過程中體會到它，感受到它，慢慢改變自己。

當把關注點不放在自我身上而在他物的時候，人就自由，愛就滿溢，能自給自足，還能將愛散播出去。

專注便得自在，純真便得喜悅，而人類的智慧不足以預知宇宙的未來。不掙扎，不恐懼，不批判，順著生命之流全然體驗，繼續保持專注和安詳，就會看見一切微小的美妙。對此我深信不疑。

君不見，給予人類力量的，從來都不是大而廣的東西。真正的內心強大，是：我愛這世界，世界也愛我，我沒有對立面。首先，愛這世界吧。

愛許多別人覺得不值得愛的、平凡事物，像葉子一樣安靜，雲彩一樣白，月光一樣柔軟，秋天一樣清涼，在喧囂與喧囂之間，閉目不語，聽見一些創世之初就存在著的聲音。

這讓我在這個混亂和汙濁的世界中充滿勇氣。

敬畏萬物

我們現在都太相信眼見為憑，實際上眼見也不一定為憑。比如說紅外線、紫外線人都看不到，但它們確實是存在的；超音波、次聲波人也感覺不到，但它們也是存在的。人的感官知覺範圍本身就是有限制的，必須對不可知懷有迷茫之心。

曾幾何時，天不怕地不怕成為現代人的一大風尚，於是，吸菸、酗酒、隨地吐痰、垃圾遍地、資源開採殆盡、耕地全蓋成工廠……人快要將自己逼到絕境。

孔子說：「人之所畏，不可不畏」。可是不懂敬畏的危害是如此之大，以至於多麼貼近還是能讓人們用一輩子，甚至幾輩子記住：永遠都不能重演那段歷史了——文化大革命時期，狂熱占據了人們的靈魂，在「人有多大膽，地有多大產」、「東風吹，戰鼓擂，這個世界誰怕誰」的無畏精神驅使下，演繹的是一個無法無天、民生凋敝的十年浩劫。那該是不懂敬畏和因此帶來巨大災難的一個明證了。

不懂得敬畏，就是破壞規則，破壞我們賴以正常生活的規則，最後自食其果。在澳洲，人們把遵守規則視為一種高尚的美德。你可以看到若有一個人在野外垂釣，釣到了尺寸不夠的小魚，一定放歸大江大河；釣到了公螃蟹帶回家，釣到了母螃蟹同樣放歸大

海。因為澳洲為了保護自然資源已經做出了規定。澳洲人一絲不苟地執行，在規則面前，他們寧可循規蹈矩，也絕不越雷池半步。而亞洲人則不同，譬如在交通規則面前，只怕員警，不怕紅綠燈。只要是沒有員警的地方，任憑紅燈閃爍，依然照行不誤。在我們的心中只敬畏災難，從不敬畏規則。豈不知，不敬畏規則必然導致災難。

敬畏自然法則，敬畏社會秩序，敬畏人間道德，敬畏「頭頂上閃爍的星空」。懂得敬畏才會有真正的和諧，才會真正遠離災難和不幸。

關於死

每一個人心底都已認定自己必將會死，然而誰也不能先知先覺，什麼時候死。而世間哪一刻沒有死亡發生？又何曾停止過別離？《巴利語佛典．經集》裡說：「正如成熟的果子面臨掉落的危險，出生的人始終面臨死亡，這是眾生的規律。」無論死亡在自身還是他者，悲傷一直都在，只是有時遇見，有時不會遇見，最終總要遇見——活著的人在呼吸，一會兒不呼吸就不可以，事實上是，正常情況下，人每一秒鐘都在呼吸中。呼吸的艱難與美好，沒有幾個人注意。等呼吸不來，死亡就來了。

死亡那一刻會發生什麼？死後又會進入怎樣的世界？比起曾經存在幾十年的這個世界何如？風光相似嗎？苦還是樂？到底有沒有東西方傳說及文學作品裡劃分的好幾層？在那裡可以找得到已逝的親人嗎？如果能見到那就再好不過了，死也值了……不得而知——誰也沒死過，不敢妄言，死掉了又死活不說。在人生時空中，人人有著不同座標，充當著不同角色，而一切因緣宿命，決定著人人在某個特定的時刻，必須暫時結束眼前這一段，前往下一段未知的旅程。「死」對於「活」在我們這個可認知的空間的人的意義，大抵是需要明白：那個所謂的「三長兩短」的怪東西，並不是只裝老人，而是裝「死」人的。因此，我們說，生命的孤獨在於：面對死亡真相，我們都是被母親遺棄的孩子（母親也是，母親也是被她的母親遺棄的孩子——忘了麼？母親在最後的最後，也只呼喚著她的母親，求助於她的母親——她已經撒手離去的母親。因為無助。縱然老伴、兒女團團圍繞，恨不得替她去死，也還是無能為力），獨自一個，面對茫茫的時間，所去未知。這是真相裡最大的真相。只是，在一個園子裡，這樣坐著，每天每天，和別人在一起，分享著離合悲歡，死亡就不再是一個可怕的東西——苦是本質，但終須樂觀面對。相信愛，相信日常中的珍貴會留下，以一種最從容的樣子報以微笑。能報答這個世界的，也就是這些了吧？報答它給予過我的一切，直到一生消耗殆盡。

因此我們說，時間無主，空間無主，「我」無主，我們看不到的東西不代表沒有，我們看到的東西不一定真實。人事物，本在輪迴中，始與終也無時不在轉化，因此，我們永遠能在他者身上剝離出一個「我」。就像愛爾蘭劇作家貝克特（Samuel Beckett），在《等待果陀》裡描寫的那兩個流浪漢，處境單調，情節枯燥，盲目空泛地等待著一個應許他們很快就會來卻從未出現過的人。這樣的等待成了虛荒的一生裡僅有的尊嚴和意義。其實，就是在今天，我們心裡依然或多或少有著這樣的空茫——自我的疆域太廣，又沒有另一個完全相同的他者作對照，我們不知道洶湧一生堅持隱忍是為了什麼，我們甚至對生命本身一無所知——這一顆惘然之心啊，唯有無限嚮往生命中恆久真純的東西，似乎才是夜行人對啟明星的盼望。然而它到底是什麼呢？那點「生命中恆久真純的東西」？我們一代接續了一代，問了又問，依然跟第一位問起這個問題的祖先一樣，對此一無所知。

而就算我們搬出了族譜裡的人丁、腹內的才華、銀行裡的財寶……以證不虛今生，實際我們目光的極處也依然是沒有指望的。因為我們會死。所有的時光都是借來的，要歸還，要親自走去，遞送借據。無論你生活在這個藍色星球的哪一塊土地上，無論人為地劃分為這個洲那個國，發達還是發展中，貧或者富，從清晨開始，到日暮結束，都得忙忙地趕路，顧不上感受——一切皆不可預期，結局卻無一例外，而死亡多像一場預謀，無論早晚，包抄過來，露出尖利的牙齒，啃噬掉任何一個——非但人，樹石桌椅，概不放過。所有行路的人，都有將近百年的時間，舉一把火焰，照路，壯膽，與這段路途消磨——這段路途，說長不長，說短也不短，中間會偶爾停下來，在某個園子，看看風景，重新感知一下耳鼻眼口手和心的律動、存在，遇見，分別，迎接與目送，然後，深吸口氣，接著走，直到火焰熄滅——一切火焰都會熄滅。

「生老病死」，病啊，病是其中一個必不可少的區間，有著自己的國土和疆域，有自己的時間劃定，在人體上展開高壓統治。它們自我分裂變異，而我們卻並不明瞭，身體某一部分必然的激烈鬥爭，大概是在我們出生以前就注定的。就是這樣，我們中的每一個，除掉遭遇意外之災的，都會因為某種病而死，慢性或急性，都可能被治療被搶救被吸氧，苟延殘喘，不過，最終會死得徹底，無一例外——那些留下巨著、打下美好江山的人也無一例外都歸於塵土——古羅馬帝國的締造者、紅袍凱撒喊著：「Veni！Vidi！Vici！（我來，我見，我征服！）」，風光無限。然後怎麼樣呢？在不過短短的五年之後，他死了，在他舊敵龐培的雕像底座前被自己的義子刺中要害，倒地身亡。他用最後的一點力氣說的最後一句話是：「你也在內嗎？我的孩子？」

人人和他差不多——想著想著就算了，走著走著就散了，愛和恨總要同一，我們會與我們的親人、仇人、不相干的人，一起歸於塵土，大家死而平等。想通這一點的時刻，便是一個人一顆本心出現的時刻。

因此，從某種意義上說。每個人都是失敗者，而我們來此一遭，就是來慢慢醒悟和接受失敗的。接受了失敗者的身分，其實也就開始了好好活。

因此，最後一段時光的安靜與灰暗，都是必嘗的滋味，拒絕與恐懼，都不如接受並熱愛——我們看園中的植物，從青到黃，黃的時候就結出了飽滿的果子。從而認定，死亡絕不是完結，生命也同樣是一個逐漸豐富盛大的過程，每個人的生命都輕如鴻毛，也都重如泰山——一個三百六十五，又一個三百六十五，我們一生千錘百煉，發願生出獅子般的勇猛智慧心，只為接近最終的理想：結出命裡永不朽壞的果子，使得「我」和「我」得以復合，圓滿如初。

那是另番明境。也許竟是我們先前苦問而不得的結果——「生命中恆久真純的東西」。縱然不可知，我們仍可用自身，來回答這個結果。

人不占有什麼東西，而擁有許多東西

我們看見湖水綠，鳥兒飛，錦鯉成群。我們洗衣，從清水裡撈起清水；在雨聲中挖開土，為盆花施肥，剪下老葉，灌溉泡豆水，安心孤單又歡喜，似乎有一位神在跟我一起勞作；每天樓下的信箱裡都照例多出來的一份新報紙也是叫人高興的；夜裡去散步，看不見花，聞到它的香氣，叫人驚喜。回到房間，寧靜走神，擦拭木傢俱，坐下，不語，彷彿一個旅行者的妻子；我的花不斷地開，每一朵都叫人憐惜，並體察萬物的耐心；莫名的力量讓你在一個月獨處不和人說話的情況下，仍然能夠感受到生命的美妙——每天小楷抄經，靜謐繚繞，像一個人正在來，細風吹過，彷若真言；在老巷子裡走，瞥見牆上花朵，便想著哪天拜訪主人；雨後，信賴水聲，順著到山裡，可見美景；鳥兒的叫聲像樹木長出的透明果實；朝陽裡，沏一杯綠茶，等它，光線慢慢移過來，跟茶煙一起慢慢飄起又沉下去；沿著河流，去尋源頭，它在哪裡？……這真迷人；油菜花地像從天堂垂下一條金色地毯，天地吉祥，人間輝煌；紅臉龐的農婦隔一段時間，就在賣著不同的水果：蜜棗、柿子、櫻桃、李子、水蜜桃、葡萄……以後還會有石榴。樣樣圓潤紅紫，你連水果和人一起喜歡著；我們看不到其他很多美好的事物，但明確知曉，

它們存在著，譬如星空，那麼廣闊偉大的陪伴……每每想到，心如火爐熱；而一到田野那裡，我們就開始唱歌……

還要說嗎？還要列舉嗎？多麼囉嗦，每一件事無不如此。

這些簡單謙卑的事物，我們與之交換愉快的眼神——言語能達到的效果畢竟有限，而這種交流停留在邏輯層面，最關鍵是右腦情感區域，直接深入潛意識層面去交流。而最終，我們也必將自己交還於彼——全部的，幸福地。不必克服或排斥什麼，一切都是天意和神性所在。

讀書呢，你知道，那都是一個個人寫下的，因此我們結識了眾多的高貴的人。一切都那麼值得珍視，一切都多麼美好。

每一天都是舊的，每一天都是新的。

我一無所有，我無所不有。

任何事物隨時在發生著奇蹟。

宇宙有一個萬有的能力。這種大智慧會幻化成每一種人們所想要看到的樣子，存在於每件事物的心裡。你慢慢看啊，慢慢體悟，就會明白，越自然的東西，就越接近生命的本質。

只要專注於任何最小的事物，詩意就在那裡，喜悅就在那裡了。活著就會有好事發生。

誠然，很多時候生活失信於人，但自然總會以它的溫潤、寧和、雍容，讓你與世界握手言和，重歸於好。而當我們將自己與身外這個世界相連接，重新培植起對大自然的信任，以及對它美好的敏感，會覺出微笑、善意、相互的援手，還有呼喚，達成共鳴，從而共生。這讓我們在充分地生活之後，仍然如孩子一般快樂和自在。

在以後的——中年之後的歲月裡，我將盡力擺脫所有的世俗瑣碎事情和尋常人際關係，只保留一兩樣值得珍重的東西，不斷地、以飽滿的熱情去追尋，直至生命的終點。

我在這裡。

孤獨如此之深，以至需要勇氣，但沒有其他的方式。它是最初和最後的自由。

——我們一再歌詠和憑恃的，或許只是內心最熱愛的兩樣東西——美與愛。

第六章　面壁十年

寫作最終是通向慈悲的

【訪談人】：如今亞洲人均讀書量遠低於歐美，您作為一位作家如何看待這一社會現象，這種現象將如何改變？

【簡墨】：一個不讀書的民族是可悲的。更可悲的是不獨立思考。不讀書很多時候是源於不思考。看看現代人的業餘時間在做什麼？要麼是加班，要麼是旅行——加班或旅行的間隙刷 FB、傳 LINE。而 FB 上多是什麼呢？今天我一開手機，馬上有一行字跳了出來：「生活就像擠地鐵，不往裡擠，就會被人使勁擠。」難道要以這種東西為標準嗎？當代人就只配得到這些心亂如麻的負面感受嗎？

很多時候，我們一天天接收的資訊是垃圾。誰還想著靜下來、再靜下來，一瞥玫瑰？

加班沒辦法，旅行也不錯，社群軟體都是很好的資訊傳播方式，問題是：什麼時間讀書呢？讀書之美、讀書可以獲得的諸如寧靜的心緒、闊大的胸懷、深層次的人生體驗、探取的生命奧祕種種……都在失去。

讀好書，需要極好的智識上的體力。改變從我們每個人做起吧——先試著讀讀紙質的報，再試著摸一本紙本書，譬如經典著作。帶動自己的家人、孩子，形成一個好的氛圍。具體到作者，就儘量寫一些帶有純正氣息的書，別去迎合潮流、迎合時尚。能做的，無非如此，大言沒有用。書籍是永遠值得閱讀的，就像天空永遠都充滿魅力。我經常在演講中忍不住對學生們外插幾句類似的話：「愛書吧，在那個天地裡，『我』是自由的，想像力彌補了現實生活不滿的一個世界——這兩者的結合才是完整的世界。」

我一直認為，身在的世界，其實只是整個世界的一部分，就像梵谷（Vincent Van Gogh）的〈星空〉、莫內（Claude Monet）的〈睡蓮〉、慕夏（Alphonse Mucha）的〈鳶尾花〉……也許才是事物的真實面目一樣，世界是複合的，未必只是三維空間——科學家說，宇宙應該有二十多維空間呢。就這樣，在這個多出不知多少維度的空間裡，輪番變幻著明亮，晦暗，尖銳，平和，好惡，恩怨，成長，改變，時間的虛妄，人的執念，萬物的諧和與糾結……神祕和不可知永無止息，寫或畫的筆因此無法停駐。深愛文學藝術和傾情閱讀的心，自然也當一直同在。

【訪談人】：傳播正能量，引導思維方向是作家的社會責任，您認為評價一名好作家和一部好作品的標準是什麼？

【簡墨】：「花開生兩面，人生佛魔間。」無論文還是人，都是複雜的、多面的，

一本書，一位作家，帶給不同讀者的感受有時也不盡相同。但一定有什麼，是完全有益於世道人心的，引導人積極，向上，有勁，喜悅……滿含慈悲。而文字能帶給人的美好和力量，總是比我們能想到的，要多得多。

我是一個與時代保持距離、寧願躲在角落裡全副精力專注於寫作的人，常關手機，一般不寫部落格，但兩句話一直打在我的部落格簡介上，不變（有讀者還曾轉到一些有關我的搜尋引擎那裡，卻也不算不合適）：「相信寫作最終是通向慈悲的；做一個熱愛大自然和一直喜悅、平靜的人。」一、通向慈悲；二、引導我的讀者，跟我一樣，做一個熱愛大自然和一直喜悅、平靜的人。學著好好活。另外，一個人最好利他，誠實，儘量純潔。我覺得做什麼職業都應該這樣。

這是我寫作的目的，也算是我個人劃分真作家和假作家、大作品和小作品的一個大致標準。

【訪談人】：您用電腦、手機或平板看書嗎？您在創作的時候是用電腦還是傳統寫作方式，請問您的作品創作泉源主要是來自於想像、虛構還是生活經歷？

【簡墨】：不那樣看書，偶爾用來查資料。那沒法看，定不下心來，字與字縫隙裡的東西，字後面的東西，在光線一跳一跳的干擾下，是隱形的。

我寫作兩者兼用——重要的作品用手寫。因為我書法家的身分，所以還蠻喜歡在紙上寫字的感覺。

創作泉源來自於三者結合吧。因為只想像或虛構是空中樓閣，只生活經歷又太缺靈氣。要想坐得實，還要空靈得起，不三者結合肯定不行。寫作提供了一種比存在更真實、也比精神更虛擬的空間。我流連於這個「空間」，像個孩子奔跑在田野，經常忘記吃飯——午間那頓我自己吃。我是自由人，習慣早上五點開始低頭寫作，而常常一抬頭卻看見：咦？天怎麼黑啦？就是因為三者合力，製作了一種迷幻藥，將我弄昏迷了。我倒心甘情願「昏迷」這一生。

【訪談人】：網路文學作家成為網路閱讀、手機閱讀的主力軍，傳統作家出書難、沒市場，您認為傳統作家如何應對這樣的趨勢？

【簡墨】：網路文學作家和傳統作家各自所處環境的長短優劣是非常複雜的，絕不能一概而論，隨著時代的發展，一些新生事物的出現也是必然的，而就像攝影術的出現並沒有代替油畫、粉彩的存在一樣，傳統作家一定也會繼續有施展才華的空間。不管時代怎樣發展，我還是願意繼續相信我父親——一位老書法家、畫家一直相信的、老前輩陳雲先生對文藝的一句教導「出人出書走正路」，是傳統作家所要一直堅守的大道。

過時一點，固執一點，或許一時寂寞一點，但堅持不懈相信下去，走下去，一切都會好起來。

就我個人而言，寫作純粹是因為一個「忍不住」——忍不住要提筆記下一些什麼來，才可以活下去。在一個浮躁、功利的時代，如何抵禦虛榮和誘惑，這是道選擇題。有人選擇接納和迎合，也有人選擇站在邊緣。無關乎是非，每個人都有處置自我的權利。我選擇站在邊緣。

如果我們寫作的最初只是源於對文字單純的熱愛，為什麼要改變初衷呢？哪怕環境變了。我知道自己有些不合時宜，卻獲得了最大化的自由，因此，赤手空拳辟出了一條路——儘管開路之初荊棘滿布，鮮血淋淋，畢竟闖過來了。

【訪談人】：請講一講您個人的讀書經歷，簡述您人生最難忘、記憶最深刻的一件事（如在讀書、找書、藏書等經歷中的生動故事）。

【簡墨】：我小時候，父親在一個文化相關部門任職，五六十種雜誌放在我家保管，圖書館的鑰匙也在我家。這樣，我就成了一個「孫悟空」，天天在書的這座「花果山」上翻跟頭。圖書館人很少，基本沒什麼查資料的人。很多時候裡面就我一個人。一天，坐在一個大書架底下，讀一本《安徒生童話選集》，入迷了，覺得自己也成了童話裡的主角。後來由此引申寫了一個童話，發表在雜誌上，就是講書裡的人物都活過來，跳下書架，來了一番人間遊歷的故事。

【訪談人】：近年來，部落格、FB等新媒體的相繼出現，你是怎樣合理安排個人時間，是否會經常使用？

【簡墨】：部落格有，一年更新一次。其他的沒有。那些和我無關。近來我的新書發布會和簽售會蠻成功的，比預期延長了兩個多小時，非常意外，因為太倉促，還因為我的寫法是純文學，還因為……沒有那些「自媒體」可用。雖然簽售會之後，書店的經理說，如果有社群軟體宣傳，效果會更好，但近期仍然沒有註冊的欲望。做事吧，做事比較重要，將文字做紮實、做出詩性，是我的本分。

我知道自己在找尋一條路，一條更遠的路。不怕慢，不怕摸索的蒼茫，也不怕一時被埋沒。不怕不被重視，反對也不在乎。自己知道：在更近地靠近心靈。我想享受這個大幸福。

【訪談人】：說一下對自己影響最大的書，舉例講故事。

【簡墨】：《安徒生童話選集》。因為它們又簡單又複雜，又淺顯又深刻，又歡喜又悲傷，又大人又孩童……總之，生命的深層況味、最好的文學該有的元素都有了。故

事就是前面講過的，在圖書館讀迷了。

【訪談人】：目前在閱讀什麼書，下一步的讀書計畫，講述自己創作的一本書。

【簡墨】：在寫作之外，很懶得動筆。先拷貝今天早上我給朋友的回信吧，與這個問題有些關係：

「讀索爾．貝洛（Saul Bellow）……讀出來哪裡好了，哪裡讀著有點不舒服了，對別人的和自己的作品，都有了比較客觀的認識。

舒服，這幾乎是我現在的一個標準，當然也包括：開始讀著不舒服的，使勁讀上它三五遍後、讀著舒服極了的。

對於經典，如果一直讀著不舒服，那麼是自己的問題。

我現在還存在這樣的問題。那麼每天都進步一點點就是了，沒關係。

下一步的讀書計畫——想回頭重讀一下哲學，譬如中國傳統哲學中的人生境界學說，外國哲學中的宗教意識。中外的對照著讀一讀。因為我還兼著一個身分，就是藝文評論家。我很想做一下這個主題，看看文學到底能豐富和複雜到什麼程度，而豐富和複雜，顯然是經典具有的重要特徵。有意義，也很有意思：感性裡加進理性的東西，用感性來引導語言順口，用理性來約束語言漫流——順口很好，所謂韻律。但有時，太流暢不是件好事，譬如大量的排比句，未必多好。要能止住。我們真該將這樣事關寫作的真話告訴孩子們，讓他們在剛開始學寫作的時候，就能避免一些歷來被認為真理的謬誤。

自己創作的一套書，是目前為止，下功夫最大、涵蓋我的人生體驗、文學累積思想厚度和藝術底蘊最深的一部作品。為它我沉潛了許多年，落下了頸椎毛病，動不動就暈。家人會因此埋怨我，不過不後悔，因為就像我在後記裡說的一樣：「我盼望那些早已消失於歷史風塵中的人們、那些堪稱驚世傑作的作品，在苦苦追索中重新活轉，繼續給塵世裡掙扎的我們相同的力量和鼓勵，領受它們加給我們的福杯滿溢，叫我們自身的生命也成為流通福音的器皿，而使神意流布今後，造福四方。」這套書共八部，一百五十多萬字，涉及到了京劇崑曲、民樂、書法、國畫、唐詩、宋詞、元曲以及中國古代經典著作和無名氏詩歌。因為熟悉，因為著迷，才敢動筆的。我要求自己做到：不說外行話；不說錯話；不能不動人。否則，寫它做什麼？這是一次對傳統文化的致敬。我恭呈了。

【訪談人】：面對「淺閱讀」、「功利化讀書」的現狀，近期國家將透過立法推進全民閱讀，您認為這樣做有意義嗎？

【簡墨】：有意義啊。就像雖然不喜歡現在新建的仿古建築，但沒關係，做比不做

好。做，就代表在努力，就有希望。當然全靠這個肯定不行。應該是個自覺行為，自然形成深讀書、優雅讀書的空氣。這需要四季更迭似的長期化育，急不得。

（原題作：《二〇一三年百大當代作家》專題系列訪談——簡墨：人文作家中的「女漢子」）

用古雅氣質的語言講述東方傳統藝術

有人說，藝術是個性的發揮。那麼像書法、繪畫、京昆、唐詩這樣的藝術瑰寶，想必在發揮個性的同時一定帶有鮮明的傳統文化特性。試想若用氣質古雅的語言來講述傳統藝術，該是怎樣的詩意飽滿？簡墨便將如此之美訴諸筆下，盡皆精妙傳神，令人嘆美不止。輕柔的爵士樂沁人心脾，窗外的陽光熱烈而又不刺眼，與簡墨的約見也在這一片安逸與靜謐中開始。文如其人，眼前這個眉目娟秀、舉止優雅的女子便是簡墨。簡墨聲線恬靜，柔柔的話語在空氣中如水流動，與我們交流。

記者姜海洋（以下簡稱「姜」）：請簡要介紹一下您的情況。

簡墨（以下簡稱「簡」）：我的情況蠻簡單的。這幾年寫了一些書，有了一群新的讀者。還有，覺得心靈開闊了。

那些文字是幸運的，被一些朋友喜愛，被一些朋友關注，開研討會做採訪，心裡是有些惶恐的。真的沒做什麼，只是躲在黑暗的角落裡、每天都在做白日夢的一個人，突然看見了太陽，被晃得睜不開眼睛。

歸根究柢，一個作家要靠他的作品說話。而不是其他。一直覺得，寫作者最重要的，是保持內心的安靜。所以，在前一段有些喧囂出來時，我告訴自己還要安靜下去。安靜是有助於工作的，對健康也不錯。

說到得獎，僥倖成分居多，也並不是如許多讀者猜測的，一蹴而就。因為多嘛，貼出來反應也還好。我算不上聰慧的人，說話、性子都慢，一支普通的筆，下的其實是笨工夫。

姜：您在二〇〇九年辭去公職開始成為自由撰稿人，出於什麼原因做這樣一個決定？

簡：母親的事情是個轉捩點。我相信無論對於誰，母親都是非常重要的一個人。當這樣一個人以猝不及防的方式倒下去，再以細細纏磨的方式叫母親和自己在煉獄裡熬

煮，那麼，都將對我們的人生態度乃至生活方式產生影響。這個影響就是：回家去。

回家去的第一個原因是，受不住思念母親的難受。這個原因持續了近四年，轉成了第二個原因：看淡一切，包括最耀眼的名和利，還有對於生命意義等問題的苦苦的思索，以及將人生整個的推倒，重新建構。我把前面十年做專欄累積的樣報樣刊全賣掉，包括那些獎狀證書。

母親成為一個分水嶺：前面是「劍霞」，後面是「簡墨」。二〇〇九年初春，我著手寫了近年第一組真正意義上的文學作品。這是十五歲～二十歲左右之間做純文學、又十幾年之後第一次寫散文。

慢慢地，就會覺出，做自由人的好處。好處就是自由。我特別看重這個身分，在部落格的自我介紹三句話——「尚靜，素樸，誠實。獨立寫作人……。自由人」裡，一是關於我的喜好和本人性格，二是職業，三就是自由。

當然，也會有不適，但這是一個不斷自我調適的過程，譬如，剛辭掉工作時（那是一份很不錯的工作——報紙副刊編輯，薪資較之同業要高出許多），有時早上睡醒，我會不知道穿哪件睡衣好，因為在家裡，只能穿睡衣。

然而生活並不需要很多錢，相對於我們的貪心，只要一點點就足夠了。努力去追求其實人並不急切需要的，必然會失去些真正需要的——魚與熊掌的關係，古人已經闡釋很清楚了。想明白這一點之後，我的焦慮感即慢慢消失。我覺得能夠自由地選擇自己想要的生活已經很不錯，能夠按自己的選擇去做喜歡的事情就更不錯了。我身邊的朋友，許多都很有才華，但因生活的壓力選擇不寫作——想先應付壓力再寫作，內心糾結得厲害。寫作的熱情也許能夠持續，當暗火供養著，在某個時候點燃，但最美好的光陰、創造力最旺盛的那段時光卻永遠失去了。

那不是很大的浪費嗎？我聽到過一句話，就是「才華就是被用來浪費的」，這是一句不負責任的話，會貽誤許多大好青年——可以被浪費的才華不是才華，道理跟會被搶走的愛人不是愛人一樣。

姜：在您從事文化的道路上，有沒有影響您至深的人或者事？

簡：父親。父親至今仍然是我最信任和依賴的朋友。他也代表著母親，做我的母親。譬如我得了什麼獎項，第一個告訴的是父親，第一個給我忠告的也是父親，使我總不用擔心得意忘形。五、六歲時，父親就要求我每天早上背一首古詩、中午寫一幅字、晚上寫一篇日記。詩歌是要求會背、會寫、會講，一項做不到就鐵尺打手心，沒得商量；字帖是每天中午用紅筆劃圈和叉叉、精細到「藏鋒」、「馬蹄」地批改；日記呢，

是如果落下一篇，要被揪起來用皮帶打的。母親在父親因為教育打孩子的時候，是眼神焦急，卻是沉默的——她知道那是正確的。所以，有時也會委屈：別人都有童年，我沒有。雖然如今也很享受小楷抄經的感覺，但我現在其實並不太喜歡寫毛筆字，也許就是小時候受管教太嚴的緣故。還有容易害羞，有點社交恐懼症，不喜歡出門等，都是過分管教的結果。但歸根究柢還是感謝父母的，沒有父親的鐵尺和皮帶，及母親面對那種情況時的沉默，也許到現在也只對華服美食感興趣。深深地感謝父母。

姜：您現身文壇的時間並不太長，但所著無論質與量都引起了關注，尤其是您的作品，內容涉及到戲劇、音樂、書法、繪畫、詩歌等眾多領域，這是難能可貴的。您是如何做到的？

簡：文本內外的問題，被人詢問也被疑問過。詢問就是您這樣問，疑問就是怎麼會什麼都懂，是專家嗎？什麼學歷程度？到底六十七十、多大年紀？……有人在搜尋引擎裡，幫我加上了「學者」的稱呼——這是個誤會。很多時候，不過是父母的一點薰染——父親是書法家、畫家、擅長寫詞和近體詩的詩人，懂音樂，母親則十幾歲就是劇團主演。他們出口成詩、吐氣如蘭，孩子們在父母溫暖的懷抱中成長，自然浸潤了一點詩書氣。哥哥和小妹更有天賦，我是其中最差的一個。

所以說，父母從小給予的培養起了重要作用吧。

還有那些美好之物本身的美好，具有吸引力，它們是我們在這個世界上飽受磨礪而仍願意活下去的希望所在。我不知道，如果世界上少了它們，還有多少人願意當個人。所以，愛大自然，愛山愛水愛樹，愛藝術，我不知道還有什麼比這更美的生活，這就是我所要的活法。有醜嗎？有。厭惡嗎？我有時候厭惡它們。我說過憎恨不是力量，憎恨是暴力，愛和信賴和美才是力量，世界上最有力量的力量。戲劇、音樂、書法、繪畫、詩歌，莫不如此。它們讓人時時保持羨慕和敬畏之心。

用古雅氣質的語言講述東方傳統藝術。這是我的努力方向吧。那些與舊日之花有關聯的種種——顏色香氣，簡約繁複，粉蝶遍繞的隱祕喜悅，鷹擊長空引起的顫慄，那些不說出口的心事，曲徑通幽的人性堂奧，那些聚集其間的優雅喘息、細微之痛，以至大是大非、愛恨情仇……它們正是傳統文化中最深邃迷人的部分。想來，只有用古雅文字開釋東方傳統氣質的情感，才能夠於萬千中表達一二。傳統文化太美，美到無法言說。最美的，我還沒有說出來。

姜：您出版的文集、書畫作品眾多，獲獎無數，又得到了眾多評論家的高度評價及大眾認可。您如何看待這些榮譽？

簡：得到榮譽的那一刻，是愉快的。然而很快，愉快也就過去，剩下的還是你與你自己的文字消磨。之前的辛苦也沒人看見。就是這樣，寫作是個孤獨的事。然而大愉快也就在其中——你像一個將軍，率領你的文字，呼風喚雨、灑豆成兵，胸背中彈時，身子搖晃，然而旗幟插上山頭；或者說，你是一個農民，點下黍麥瓜稻，在你的田裡，耙地、鋤草、澆水、施肥。終於嫩苗出土……那種感覺叫幸福。

幸福不會很快過去。於是，為了寫作的幸福，我會寫下去，不停止。

謝謝您和您的夥伴周乾坤先生。

記者手記：

簡墨的聲音很好聽，很和緩溫柔，不知不覺，一個上午過去了。在簡墨一個個誠實而又認真的字句中，我們彷彿看到一個捧著一顆真心的孩子，透明純澈地將心中的大美進行傳導。

這樣一位才氣逼人、也耐得住寂寞、創作力令讀者屢屢驚訝的作家，值得我們尊敬和繼續期待。

（此文為答雜誌記者姜海洋問）

一條路．一頭「象」

一條路，走得有點晚，但總算啟程了。一條路，走得有些孤獨，但還是有同伴。

這所謂的一點點成績，是指之前出版過的書。我自知沒有什麼，但大家給我的太多了——生活所需的錢、榮譽，還有我在乎的溫暖。人和人之間的溫暖真好啊，窮盡一生我都會拚力記住每一份溫暖，雖然注定隨著年紀的增大，會糊塗，會忘記。

我寫書時，迷醉不已，常常忘記吃午餐，卻從沒想過要獲得補償和榮譽。因為從中已經得到了大愉快。

之後，我會有其他作品，述說其他的美，不同的美。有的讀者來信，擔憂我疲憊，郵寄紅棗、蜂蜜；還有的擔憂我疲憊，會不會把這些人寫成相同的東西。謝謝關心，但，那幾乎是杞人憂天——怎麼會相同？每一個類別、每一個人都千差萬別，每一個的路程都千回百轉，每一個的藝術美點或人格魅力都各有千秋。說說楊妃和梅妃，侍奉一位唐明皇，都是他的寵妃，她們的心理路程多麼不同。同樣是男人，伍子胥雄奇，項羽可愛，曹操詼諧，王佐就像個潛伏在敵人內部、活動在宋朝的布爾什維克，而包公正大，同樣是正大，寫宋世傑又是另外一回事。其中都有批評，篇幅也不小，但贊包公，

批的是小人，贊宋公，罵的是貪官……我只擔心他們太豐富，豐富到我不捨得離開，只寫他們了。

多年以前，高行健在〈文學的理由〉裡說：「每一個作家在書架上都有他的位置，只要還有讀者來閱讀，他就活了。」我想，儘量這樣活著吧——只要誠實寫作，就有望活下去。

至此，說一點題外話吧，說一點我平時怎麼過日子。題外話也是題內話。算聊天：大自然無處不在，也不用刻意去發現。我把手放在口袋裡和你交談時，就看到了你旁邊的紅葉樹。

所以你看，並非只有鄉下才有大自然。大自然甚至也藏在非大自然裡。熟悉的事物每一刻也都是新奇的，我們留戀人間的東西多麼普通，都在身邊，隨手可取。心裡生出感動和感恩，在這樣的心境裡，人是可以安寧度日的。這是日常的寶貴之處，任何普通的一個人，都有他（她）的非凡之處，每一顆心都不同，都有它不可替代的獨特；相信塵埃裡落有星辰，相信那些不被看見的東西……我們是萬物的助手，而物呢，只是通途，不是終點。

我喜歡眼前的山，也喜歡遠得看不見的山；喜歡熟悉的人的一張慈愛的面孔，也喜歡一個陌生人溫暖的背影；喜歡月亮的白，也喜歡切開白蘿蔔時它內心呈現的白，喜歡麵團在廚房裡安穩呼吸，也喜歡馬鈴薯的憨厚陪伴；喜歡白雪蓋滿了山崖，也喜歡紫地丁開在路邊；喜歡天上的事物，也喜歡俗世事物；喜歡黃昏也喜歡早晨；喜歡我喜歡的，也喜歡一些你喜歡的；不喜歡的，我也將喜歡上；喜歡它們時，它們也在喜歡我；喜歡了喜樂的笑聲，也喜歡了悲傷的哭泣……其實，心裡還有其他的事物，在我沒有想起它時，也讓我的心，悄然喜悅。它們是什麼，有的我說得清楚，有的我已無從說起。

僅僅想一想什麼時令、就有相應的什麼蟲子出現這件事，已經覺得世界美妙如謎，著迷得走路要跌跤。

昨天是這樣的一天，今天是這樣的一天，明天也會是這樣的。看到一個垃圾箱，上面有放菸蒂的板子，還在板子中央擱了一小疊紙，是將舊報紙撕開的。放什麼呢？小的細碎的垃圾，如口香糖類？還是吐痰用？……我這樣想著時，它就變身做了可愛之物，最可愛的那一種。於是就微笑了。就拍照下來，捨不得忘記。類似的事物，它們充滿美，要求某種程度的尊敬，並不可思議地，給予我們正確的生活。

家人買來花木的肥料。看到袋子上印著：適用觀葉植物，如：巴西木、虎尾蘭、彩

葉草、蕨類、文竹、黃楊、六月雪、雀梅……就喜歡得不行，在看不見的空間和時間裡，一顆心在不同器形的兩個身體裡，我們交換呼吸，並由此一一想念起紅色的櫻葉，黃色的玉蘭葉，有著整齊鋸刺的柞樹葉，小馬褂似的欒樹葉，一棵樹形狀的黃櫨葉……以及與之相關、無關的、那些隱祕而神聖、微小而光明的事物……一時間，我抵達所有。雖然不知道用那種走神的時間做什麼，我還是感到滿意；雖然不是所有的美好我們都看得到，但它在我們看不到的地方也仍舊存在；相信詩與真，相信它們站在大地上的慈悲——大地熱氣蒸騰，永無止息。

「把它們都存放在心裡吧，讓光芒從裡面照耀我們」，我告訴自己，「將心託付給萬物，向它們尋求友誼吧。」那些詩意，如果我沒有與它們相遇過，我就不會說給你聽——語言如何作用於讀者，有它的規律。而專心嚮往，我們就連接萬物，輕輕抵達了靠我們自己的力量所無法抵達的地方，地球也因此輕輕轉動。我們內心的疆域，是由熱愛的事物擴展的吧？視野是由一顆「大」心決定的。

對，我重申，是「熱愛」，是「熱愛」這個東西，支撐我有孩子和戀人般的衝動，以及必不可少的、老人的安靜，帶著對這個世界的理解，走在我想要走且能把握的道路上，這支撐巨大，而難以覺察。叫我堅定信念：哪怕只有一個人讀懂，或哪怕一個人從書中受一點點好的影響，寫作就獲得了價值。我想給後代哪怕自己的後代留下一點可靠、有所得的文本。寫作的現世利益考慮嗎？，當然，但考慮得少，吃點虧也沒關係。

孤獨而又熱烈的心靈，其實多麼單純和樸素！「我只是想畫出能感動人的東西」，為此，梵谷把整個生命都畫在畫上了。他說，「看到美的東西，我就想把它畫下來。」美和善意，隱藏其間的真理，以及從中獲得的樂趣和鼓舞，值得潑上一生去描繪。喜歡梵．高，是喜歡他的純良，以及對美的信仰——腳踏實地重要，仰望星空同樣重要。很多時候，面對大師的星空，我們都苦於自感卑微而不能自拔，然而也獲得指引。大師的意義在於：一、我們喜歡那個人的生命態度，並作為方向；二、為藝術如戀愛，戀愛啊，有人是為了獲得什麼，有人是為了自己的心。梵谷是為了自己的心。幸好我們還不屬於與之背道而馳的那一群。這讓我們又有了一個感恩上蒼的理由。

表達憤怒是容易的，而保持信望愛卻是如此艱難！重新思索托爾斯泰（Leo Tolstoy）語：「我思索勞苦大眾的生命，他們平靜地勞動，忍受著貧困和痛苦，他們生活，他們死亡，在萬物中他們發現的是幸福……」，可知：在我們的生活中有很多平常的、微不足道的幸福，人們卻看不見覺不出，被欲望毀滅也無動於衷……如同魯迅先生描述過的、那群麻木的人。智慧可以平息欲望的波濤，智慧也能消解生命的痛楚。智慧

是力量。在這樣一個年代，智慧尤其重要，啟迪民智尤其重要。我想，今天一個藝文工作者的立足點是否應該是：為而不恃，成而不居，學著用慈悲與良知，以及與之匹配的自然和質樸，不憚一己之微力，生出勇氣，試著喚醒哪怕一個人的智慧，告訴他（她）美在哪裡何以稱雅？怎樣叫善？信任有多重要？愛又是什麼？……用筆墨帶給在塵埃裡翻滾的人們能多一點是一點的幸福。而不是挖空心思，發出尖怪之聲，吸引什麼到來，為小我所用。那只是形式，缺了慈悲與良知，難免走上歧路。

話都在作品裡說了，這裡聊的，都是心裡話。不喜歡出席場合，不喜歡社群軟體。比起與人交往，我更願意專心專意，泡在大自然和藝術（當然，還有另外那些，題材和體裁。一個對生命奧祕充滿好奇的人，怎麼能不寫生命種種？相對於時時觸動我的題材，時間太寶貴了，美好的事物也太多——於寫作，於享受它們，都會常常感覺時間不夠用，無暇顧及其他）裡，盲人一樣，安靜地探求一頭「象」——它牙齒輪廓的溫潤、牙尖的鋒利，耳朵的肥厚，肚腹的圓滾，四肢的粗大，鼻子的靈活纏捲及其無數奇妙功用的變化，它周身發散出來的土地的氣息，及其步伐中透出來的、內部那種有溫度又有柔韌的力量，想像它與土地接近的顏色，它夜間看不清物體的眼睛，想像它沉重笨拙、但智慧的一生，它的被獵殺、它的自衛和反擊，和它在生命的最後，獨自一個，尋找僻靜之地埋葬自己，以及死後也依然保持站立姿勢的孤獨、悲壯，內心的強大和泰然……然後把我在那裡和那裡，微弱破解到的、它們皺紋裡的密碼，化成我忍不住要說的話，在紙頁上一點一點扎出來，帶上我的血和肉，捧獻出去……它是一頭「象」，然而也是世間萬象。它自成一個世界，又是所有的世界。它氣象渾樸，比想像中的還要廣闊迷人。

某種意義上而言，它只屬於我自己。

很多時候，我就是它。

就這樣過一輩子吧。走著一條路，陪著一頭「象」。我能對這個世界報答的，就是這些。

感謝關心幫助過我的師友，以及一直以來支持我的讀者朋友們。深深地感謝你們！

（本文為在創作研討會上的發言，根據會議錄音整理而成，個別地方有修正）

簡墨談自己的作品

這樣的書是來學習的。這麼多優秀的年輕人才。才華是指多方面的，不但是說文才對吧。

來之前，說是要我講講自己的書。那麼就按這個命題作文吧，聊聊天，說幾句。

我的創作題材，說實話，不是取巧的，寫法也不是。在從事純文學之前，我曾經有十年左右的時間，在做專欄寫作。那個也不容易，但如果說貼近讀者，找訣竅的話，那個多少取巧一點。年輕也聰明，所以讀者喜歡什麼樣的東西，我最清楚不過。當然，就算那樣，我也堅持自己的風格，在能夠做主的範圍內，寫儘量靠近自己心的文字。所以，那些年，雖然也得了許多獎，但還是被編輯朋友們一再提醒「再俗一些」。

所以，寫能引起最大眾共鳴的東西，就是最有影響力的東西。其實這從理論上來說也沒錯。

但經過許多年的摸索和反思，以及自我批評，我知道：最大群體的大眾喜歡的，其實就是降低了水準去迎合的，是削足適履，是割肉補瘡，是媚俗。那看著能得到更大的影響力，更快地出成績，但那是害人的——你寫降低了水準的東西，讀者就讀著降低水準的東西，還一副各得其所的樣子。這不是悲哀，是什麼呢？

更悲哀的，不是眼前這點寫和讀，是那種越來越嚴重的風氣——我不知道自己的讀書目的是不是太不普遍了——我只是為了了解，在這個世界上，別人都是怎麼活的，還有從書裡獲得快樂——對我來講，至大的享受是讀書。這快樂甚至超過工作和旅行。

這快樂，不是無聊了消遣解悶，也不是累了放鬆，而是從文字背後找出意義。最愛的書，譬如文學經典，會不斷重讀，一輩子也不會厭倦。

對，那種要不得的風氣，就是「消遣解悶」和「累了放鬆」。

要說起來，「消遣解悶」和「累了放鬆」也沒錯——這個時代的人，哪一個不累啊？哪一個又有時間去充實休閒生活？可是，我們慢慢就依賴了這種鴉片一樣的東西——很好讀，很好玩，閱讀器一拿一放，手機一閃一滅，哈哈一笑，呼呼就睡了。這是什麼的生活？

豬的。

至此，想起我父親曾經給我講過的一個叔叔點石成金的事——一塊普通石頭，像猴子，身子前傾。叔叔是收藏家，他在底下弄了個石座，題上一句話：再向前走一步，就是人。

豬和猴子差不多。都是再向前走一步就是人。和螻蟻也差不多。

做一個人不是那麼容易的，只吃飯這件事就與螻蟻差不多，所以，我們古人說「千里做官，為的吃穿」，都是說的做人不易。然而要說，是時代和物質條件限制了自己讀書的選擇和目的，也是原諒自我的強詞奪理。哪一個時代的人，都會覺得自己的時代有問題，自己的一生不容易，或者具體說自己每天忙碌，生活壓力大，剩下點時間，翻翻時尚雜誌或報紙，上網看看新聞就不錯了。

「不錯」也不錯，但為什麼不要一個「更好」呢？「更好」就是生存之外活著的滋味，其中重要的一項就是享受讀書的樂趣，尤其是讀詩的樂趣。還有思考，而一旦不思考了，也不想在書裡找尋思想、啟發智慧了，也就真的懶惰起來，渾渾噩噩活著了。甘心嗎？會有人不甘的，哪怕這部分人屬於小眾。不享受美好的事物（譬如思想的火花，譬如書，譬如詩），比豬還慘一點吧？至少我們到現在也不知道，豬思不思想，看見嫩綠的草會不會愉悅得想哼哼當寫詩——可我們看到，豬其實很聰明，不像退化得厲害的人一樣愚蠢。

我不經常寫詩，雖然年輕時候也被稱作「青年詩人」，但歲數大了，於我熟悉的題材和漢字，有了更好、更適合的載體，就是散文和毛筆。可我要求自己的東西一定要有詩性。

按照高人的妙論要求自己，就是要盡力寫出事物最動人的部分，將自己所理解、所思想的世界中最好、最具有深意和詩意的部分拿出來，捧獻讀者，請大家分享。這是我的追求，不會改變了。

我們古老的天人合一的文學和藝術家，像李白、蘇軾、王羲之、顧愷之他們，造出來句子造出來的「像」，都是以氣為本體的一種賦比興的藝術修辭，而人類現在是看不見的東西都不算數了，這是個一切都是物的時代，文學和藝術怎麼說話？詩意要怎樣活下去？

較之以前的我，現在的我更喜歡的是為自己內心不吐不快的聲音而寫，為一個而不是為很多個的讀者去寫。不合時宜，也落後。

就像我走的這個路，說過了，不是取巧的，甚至有點繞遠路。它不主流。譬如，不投稿期刊路——一個是嫌投稿太麻煩，最主要的是我的書完整，裡面又有連續性，不好拆分和剝離，題材則大都是東方傳統文化。它們一定要風格統一，因為是一個系列，都是傳統文化，而傳統文化在本質上是一致的，比如書法和國畫，對它們的敘述評論相差得太遠，讀者會笑話；它們又各個不同，只要大體讀讀，不難看出。我寫五千字，常常需要吃進五十萬甚至上百萬字的營養，而且能去的他們的故鄉、宦遊的地方都去到了，

了解他們，更多的是為了獲得他們的氣息——不能褻瀆，要保持充足的敬畏；還有，只有將這個人的全集讀了、關於他（她）藝術一點點摸索得像那個解牛的庖丁了，才敢下「刀」；最重要的，是因為只有這樣，他（她）才活起來，我才愛上他（她），使得他（她）成為「這一個」，而不是千人一面——我看重寫作的獨特性和不可替代性，真正的寫作是鑄造祭器，不是流水線的塑膠製品——我們拜的壇，叫做「文壇」。如果不高度忠誠和有意志力，不如去做別的工作。太累了，累心，還累身呢，我頸椎不好，每年冬天都要犯一次，每次都暈好幾天，天旋地轉，躺在床上不能動，像個木偶。我不願意我的孩子將來從事我獻身的事業。學學其他東西也不錯啊，業餘愛好寫點東西，多讀好書，享受它的好而不為它的辛苦所累，也罷。

但期刊是有很多要求的，譬如期刊自己的風格需要花精力思索，還有寫社會題材等等都會比較受歡迎，目前我還顧不太上。而當代文學是以發表和獲獎為標準的——好在我開始獲獎了，否則會永無出頭之日。

就算是所謂永無出頭之日，我這個執著——其實就是執拗——的人，也絕不跟時代的要求妥協。很多讀者朋友知道，母親的事情之後，我什麼都看開了（現世利益真的對我沒有多少誘惑力了），才賣掉所有樣刊，來做的純文學寫作——在這裡插一句：感謝你們，以及聽不見我感謝的外面那些從我叫老名字、做專欄時就跟著我的老讀者，我現在叫「簡墨」了，什麼成績都歸零的時候，你們還在跟著我，不容易。深深感謝。

我只是想為後代，哪怕只是我自己的後代留下一點有價值的、可靠、能夠引發一點享受和思考的東西，翻翻看看、多少有些捨不得丟掉的東西。看到二〇一一、二〇一二年我所在的城市年鑑收錄了我寫的作品和我的事。是承認了它們的重要性的。我希望我的東西鄭重和莊重一點，不會被我的孩子所恥笑。

有些時候，會覺得我的寫作還沒有真正開始。

好了，讓說自己的書，有什麼好談的呢？也就是這些了。自己的一點想法，也不一定正確。請多多包涵。讓我們一起，讀一讀那些好書、難讀的書、有詩性的書、可以一再品味的書吧。

謝謝大家！

（本文為在讀書會上的演講，根據錄音，由李娜女士記錄整理。收入本書時有個別改動）

轟隆隆的戰車朝前開

關於寫作

聯絡我的王先生說要我講一講自己的創作，以及有關寫作的一些觀點。他還說，同學們有許多困惑，還有一些問題和壓力。那麼就試著講一點，自己的經驗和教訓，和大家一起聊聊天，不對的地方請指教。

自己的創作就先不講了吧。我心裡很想給你們一些力量，真的很想。我也有孩子，他將來也要上大學，也許也會遇到你們現有的問題和壓力。會說得粗魯一些、直抒胸臆一些，可以嗎？

先說寫作。

寫作啊，不是別的，是好好說話。到最高境界，是說樸素老實的話。主要是要誠懇吧，寫每一個字都全情投入，不是弄個形式，費盡心機去說假話、欺世盜名，否則無論寫多少書都像同一本書。當然，還有一些其他要點，不要慌亂，我們一起慢慢摸索。文學本來就是件非常自我和安靜的事，不需要排場，也不需要和人家比，和人家爭。

三月二十四日，父親陪我去靈巖寺了，跟我講了許多東西。受惠於父親對我兒時的培養，心裡很感謝父親，到現在還在為我掌舵——掌舵寫作和生活，一直保持住了愉悅、安靜和有力量。這力量就是創造力，如果有天賦，加上關懷心，加上專心致志，再加上始終不渝的熱愛，它就會是持續不斷的。沒有斷流一說——只會越來越充沛。「熱愛是最好的老師」啊，那個被稱為天才的愛因斯坦說過。記得他還用過這樣生動的比喻，來回答一位年輕人關於「什麼是相對論」的疑問：「這好比一個英俊年輕人和一個漂亮女孩在一起聊天，時間再長也覺得很短；如果這個年輕人在大熱天坐在一個火爐旁邊，幾分鐘就像幾年。」

愛因斯坦其實也告訴了我們，熱愛是一種巨大的支撐。許多讀者問過作家們「驚人的質與量」的祕訣，其實不過是熱愛。

爸爸是重遊靈巖了。爸爸一九六〇年代和一九八〇年都在那裡待過，是為了創作還是什麼，總之在附近待了一兩個月。說天天爬山。靈巖寺就在你們學校附近，你們也許很熟悉，也許該去看看它。我們當時看了兩遍——不捨得不看第二遍，要關門了才一步三回頭地離開。

在寫完這篇之後，我加了一段。寫時真的流淚了——「我看著，心裡非常害

怕——要毀壞是多麼容易啊，幾分鐘就能辦到，譬如說砸；幾年也可以辦到，譬如說用大燈使勁照著它們，加上隨著旅遊的人流到來的汙濁空氣、驟然上升的溫度、濕度……上千年、上萬年的存在，在一心想毀掉這些的人面前，是無力的。它們的命運太難講了。祝福吧。

要不，毀其他吧，用其他的代替吧，去炸東邊的山採石，做路基，去伐入口路兩邊的樹，蓋一座廟再蓋一座廟，再蓋一座，去吸引香火吸引錢……去吧，去吧，去！只留這一樣，至少在這一代人、在我們活著的日子裡能保證看見它們而不至於傷心，傷心到有人因此死去，死去後也痛苦得像死去以後再死去一回……」

……

我們是雕塑那些珍貴之物的子孫，有責任和義務保護它們，別毀在我們這一兩代的手裡——我怎麼有不祥之感，老覺得它們……但願是我錯了。這個話不能放在文中，說給你們吧，孩子們。

還以愛因斯坦的話作例子，多說一句吧——他說過：「對人類及其命運的關心肯定始終是一切技術努力的主要興趣，在你們埋頭於圖表和方程式時，永遠不要忘記這一點。」我們埋頭於字詞和句子的人，還有你們——將來可能埋首於燒杯和培養皿時，其實也不應忘記這一點。

我呢，還真是以寫作為至樂。唉，沉下去，思考，分析，想像，然後去表達自己想表達的、對這個世界的誠實看法，多好，多自由啊。

還有，我有個好父親，他教我開闊大氣地做人。真是心裡不裝任何「小」，裝大東西，尤其是一些看不見的、重要大物，心中不存任何小物，只認清目標，心無旁騖，快樂直率，花兒要朝向太陽、朝前開，戰車也是——轟隆隆的戰車朝前開！

關於考研和工作

我以一個成年人的身分，給你們一點忠告，好嗎?僅供參考。時間關係，說不細，提幾個要點。

壓力都會有，但要看怎樣看待壓力和釋放壓力了，甚至轉化壓力。我們那時候有句話叫「變壓力為動力」。

首先，不要「怨」。抱怨是個不好的習慣——於事無補，還搞壞心情，拖自己的後腿。那種傻事我們不做。就算在網路上，資訊傳遞極快，也有很多人罵、交流、發洩，怨天怨地怨上司怨同事，怨物價房價怨體制……但那不是力量，只能抵消力量。很

多時候，是暴力。真正做事情的人是不會抱怨、甚至是不會指責外界的。你安靜下來，不要朝外面看，一心一意做自己的事——該做什麼做什麼，紮實做，一點一點做，最後你會發現，別人在抱怨的時候，你抵達了理想。

其次，「聽媽媽的話」——你們笑了，是啊，是你們的周杰倫唱的，也是他的心聲吧——是不是他也四十多歲了？有了閱歷以後，會越來越覺得父母說的話是對的。聽長輩的常常沒錯。我小時候十分不用功，儘管爸爸管得極其嚴格，也學習了一些東西，但還是不聽話，從國一開始到高三結束，所有的奧運、亞運期間，我都會請半個月或一個月的假專門看電視，聯考晚上還在偷讀三毛。真是的。前幾年我跟大學教我們外國文學的教授在說：「恩師，這簡直是報應——您不知道我現在多麼用功。」我們用功，我們在選擇研究所、選擇留在哪座城市，包括找男女朋友時，最好參考一點父母的建議吧。與其後悔和事後補償，不如早早聽話，會少走彎路，也少氣父母，算孝順他們了。

第三，專門說說就業壓力好不好？還有工作後會遇到的問題。

．第一份工作不一定要多厲害，容易有壓力，很快就沒興趣了。先要學習知識，累積實踐經驗——當然，也要實實在在做事，要有成果。抱著這樣的心態去工作，也許會事半功倍。珍惜自己的第一份工作——也許要做一生，也許人家就是讓我們踏入社會的貴人。總之，要感恩。感恩應該是上天教會我們的第一種本領。心懷感恩，會感受到無物不美。

要知道自己幾斤幾兩。沒有懷才不遇一說——其他年代也許有，但現在可能性不大。老闆們都搶著用有才能的人，就算哪怕一條一百四十個字的貼文，只要有靈氣或好玩，會被瘋狂分享，糟蹋不了。很多時候，我們的怨從不滿足中來，從貪中來。但那是不對的——譬如我們這一行，很重視獎項，有沒有潛規則呢？肯定有啊，那麼遠的宋朝就有，例子好幾個。你罵潛規則而你沒有潛，非常氣憤。可是有意思嗎？要相信大多數人還是正直的，不該被罵。況且，罵人耽誤時間嗎？耽誤。耽誤精力嗎？耽誤。增長才幹嗎？沒有。增長志氣嗎？也沒有。那麼，收起你的自負來。自信有必要，但自知更重要。別浮躁，定定心，從小事情做起，自己找到合適的定位，將自己當成士兵，從頭磨練起吧。甚至一生中，都要以初學者的心態去做事，如此才可以一直進步。狂妄的人沒什麼，一直進步才是不得了的事情。但你不可以缺失理想。《易傳》上說：「知崇禮卑，崇效天，卑法地。」意思是說，認識要像天一樣高，禮（行動）要像大地一樣紮實。這也是我為什麼不斷告訴

年輕人「腳踏實地與仰望星空一樣重要（大意）」之類的話了。一切都遙遠而切近——你放棄，就遙遠；你勇猛精進，就切近。一切全在你自己，沒有任何人能代替你。

儘管這些擔憂肯定有些時候是杞人憂天。但你們理解嗎？

有人的地方就有江湖，有對我們好的，就有對我們不好的，甚至還會遭遇小人——越優秀，越有成績越會遇到，這幾乎是不爭的事實。對待打算害我們的人，譬如造謠生事的，也許突然聽到或看到會生氣，但不要氣太久。暗中搞鬼有效也有限，會過去的。作祟的以毀人的方式自毀，譬如他（她）浪費了時間，消耗了自己的能量，而別人會毫髮無傷——你什麼時候看到過誰被詆毀而少一塊肉去？還有，因為周圍誰都不是傻子，在詆毀別人時，其實表現的是自己的人格高下，自己毀掉自己本就不多的、做事的才幹和能量，還毀了自己的人格。實在可憐。所以，時間長了，還要悲憫他們，友好以待。理由只有兩個：一輩子太短；都不容易。說一點我的事吧——我恨過自己的祖母，因為她對媽媽不好，還曾喝斥過九十歲的祖母，但她過世後，我幾次夢到祖母，醒來充滿歉疚。就是這樣，恨或怨帶來的，都是無力感和不舒服。

所以，相信美好吧，相信偶爾的不美好也終究是脫離不開這個「根」的——也就是最初的美好。相信偶發的不美好其實不過是哪一刻魔鬼附身而身不由己，那不是真的他（她，乃至它）。如此，才真的原諒。不但有益人家，也恩惠了自己。

感恩一切，原諒一切吧。好不好？

關於其他

我們學著做這樣的人吧：端正，慈悲，接近佛。會有福的。

對於一個優秀的人而言，僅有勤勞勇敢是遠遠不夠的，他還必須擁有創新的渴望與激情。因此，我們熱愛文學，就要不斷創新，不斷有新鮮的食物捧獻大眾。我們熱愛文學，覺得這是世界上最好最神聖、最讓人著迷的一件事。每位作家藝術家，都有自己的創作主題。什麼都不想，譬如會得到什麼，譬如有什麼代價，隨便它。咬定自己的主題，自己的文學故地，不放鬆，遠遠地擺脫浮躁，也忘記寂寞，像挖一口深井，一座富礦，專注地堅持下去，別左顧右盼，也別淺嚐輒止，就不會有枯竭感，就能一直如同孩子滿目新鮮，就能一直開拓和發現新奇……有了這些，一輩子就夠了。

熱愛一樣東西吧，熱愛一樣至少在你看來是十分美好的東西，不但為了寫作，為了

捧獻大眾的幸福——施予而不是接受的幸福，也為了自己的心，為了此刻有力量，更為了有後勁，為了得到高於一般的喜悅之上的那種喜悅。如此，我們才獲得了更像個人一樣活著的通行證。

……

到這裡吧。平時，在外頭，我不愛表現出感性的樣子，文字裡一切都有了。說得太亂，因為有些激動，還因為愛你們。

親愛的同學們，祝福你們，一切都好。什麼都不要怕，什麼都會克服，什麼都會達成，只要一直相信，一直專心追求理想，轟隆隆地朝前開就是了。加油！

（本文為在大學的演講）

文學藝術給了我們什麼（一）

很高興來到這裡，和大家交流。我知道，過來這裡的，是真心喜歡文學藝術的，也許從小就喜歡，沒有多少機會從事這個行業，心裡也許覺得遺憾。

不過，也沒什麼遺憾的，因為文學藝術是與你緊緊相連的，跟其他的職業之類不同，人人都可得以親近。只要願意，你完全可以守著它，一輩子。就像一個巡山員，守著他的大山，到最後，他會發現，是他守護著大山，也是大山守護著自己。

文學藝術既是青春的肇始，也是青春的尾聲。因為它是青春的肇始，它首先成了青年人的事業；因為它是青春的尾聲，它也能喚起老年人的熱情。只要你有用文字進行抒情的需要，有記下已經發生或想像著已經發生的事情的需要，有表達自己渴望的需要，你就有訴諸文學藝術的衝動。文學藝術是壓抑的昇華，因而也是壓抑的消除。文學藝術既展示你的內心，也豐富你的內心。它以個人的經驗來表達和詮釋集體的經驗，因而它能讓人與文學作品所描述的角色一起感受和思考。這正是文學藝術動人的原因所在。文學藝術全其性，順乎情，所以，沒有多少人是不喜歡文學藝術的。但在其中，個人的喜怒哀樂不再屬於你自己，而是成了虛構的世界的一部分，成了供人進行心理投射的對

象，成了供人透過聯想、感受和理解而自我解放的方式。

文學藝術創造的不只是文本，而是一個世界，一個部分地與現實世界相似而又反比現實世界豐富的世界。那裡顯示著幼稚中的成熟，寂靜中的律動，昏暗中的光明，汙穢中的聖潔，可以同時讓我們憂傷與喜悅，讓我們欲望與滿足，讓我們模仿、驚奇、擔憂與狂喜……不同類型的人都能從那裡得到滿足，因為可以從那裡得到移情的對象，從那裡走向既熟悉又陌生的領域，這個領域既讓人有親切感，又讓人有新奇感。它讓人透過想像的作用在精神世界中實現你想做而未做，想做而不敢做或想做而不能做的事情。它游移在壓抑與狂放之間，且不滿足於兩極性或堅執於兩極性。它超越了這種兩極性，其奧祕就在於讓人閱讀或欣賞整個過程的樂趣。

在商品經濟的年代講文學藝術的功用，有點不合時宜。但文學藝術確實給了你一些什麼，並仍將給予你多方面的支援。試著來梳理一下吧。我個人的一點小感受，很鄙陋，隨便聊聊，也不一定適合每個人，姑妄聽之，權作一笑吧。

文學藝術使人有雙相對純潔的眼睛

你或許有這樣的感受：當你擁抱熱愛和鍾情的東西時，同時也就遠離了另一些東西。譬如，戀愛。是啊，當你擁抱一個愛人——他（她）愛你，你也愛他（她），這是首要條件，否則就不可能有迷人的體驗。在擁抱的時刻，你沉醉，遠離了一切醜惡、不妥，甚至，你原諒了小人——小人之小，就在於可憐——多麼可憐才四處陷害人？而心中有愛，就只看到好，看到窗外的綠樹、小鳥、藍天，那無法言說的美好之物——小鳥像葉子一樣安穩，葉子像小鳥一樣擺動。它們是一個事物。它們是童年的，也是少年、青年的那一枚（隻）。它們是一切事物。

沒錯，就像《詩經》的開篇，其實寫作也是那樣開始：一隻鳥，「關！」叫了一聲，另一隻鳥「關！」回了一句，這兩隻鳥於是戀愛了，也跟今天的鳥沒有兩樣。於是，一個正在思念一位好女孩的年輕人，記錄下來，就是一首情歌。

還有，一群採芣䒷一群採桑或是一群採蓮的女孩子，嘰嘰喳喳去工作，看到那些東西，於是開口歌唱：「江南可採蓮，蓮葉何田田……」這也是愛，比戀愛大了一圈的愛。

所以，就是這樣：文學藝術，也就是寫作，起於愛。

當然，也會有辛苦不堪感覺被作弄的時候，於是有了〈伐檀〉；有看到叫人生氣的東西的時候，於是有了〈碩鼠〉。所以，你知道，文學藝術和寫作，有時還起於不平則鳴。

你的身體，你的心，都在說明著：你悲喜驚恐，都是創作的來源，你生而為人，能感受，會表達，是件十分幸運的事情。當然，你看在植物的世界裡，鳥兒的王國，其實也有它們充沛的交流，也未必就沒有它們的語言甚至文字。誰知道呢？這個世界的暗物質據說占了全部物質的百分之九十七還多，也由此，社會科學的文學藝術和自然科學的探索更加沒有止境，也更加迷人了。

是啊，是看。文學藝術，要求你，要有一雙比不寫作的人更加敏銳的眼睛，去看到事物，以及事物背後的東西。這樣，你獲得的享受才會是飽滿的，如果動手寫下來，才會是厚實而不是虛飄、沒有根基的東西。所謂「在地化」——不一定非要寫鄉村或社會生活才叫「在地化」，只要與生命的質地緊緊相連，就叫「在地化」。去到事物深處，看到一些事物背後的東西，就能強烈感受到一種和生命戀愛的感覺，比如和植物、花草在一起，或者行走在大地上，都能有這樣的感覺。生活需要時時嘆美，時時提醒美的存在，才能平靜，才能溝通，與身邊諸般偕好……將晾晒的衣服，收下來，一一疊好，臉埋進去。覺得高興；感覺食物香甜，感覺睡了好覺，感覺雙腿有力量，可以去登山。感覺這些好處。你熱愛的事物不過僅有的幾件，做的事也不過一兩件。你細細思索每一樣事物的好——每一樣都好。於是你熱愛了全部。

其實，每個人每一天，都有一個清晨和一個傍晚，而世界只向信賴它的人才持續展現它深層的美。

世界喧囂，就像突然得了個獎，可喧囂很快過去，正如一切事物：月亮也會過去，花朵在某個時辰收起，大地終將耙平，蒼茫會出現。然後一切周而復始。看看大自然不緊不慢，按照秩序轉換，心裡就安穩下來，祥和起來。

那種柔細的、深深的熱愛，是需要緊緊跟隨、體會的。正如我了解一樣植物，並不需要去看遍大片。看一個植株、一片葉子，就是看了全部。

於是，我有了美好的早晨，也有了美好的夜晚。有美好的青春，也有美好的中年。

我常常忘了自身這個「我」，當我體會種種美好的時候。

我在一棵樹下站立，就莫名地感動，忍不住要說「這多好啊」。

落葉也很好，其實就連落光葉子也很好——那些懸針一樣的枝條，寒冷的空氣，都是與其他季節不一樣的，有不一樣的好。

我喜歡我常走的小路。我因為時常走它而認得了它。我確信它也認得我。我因為這樣的認得而高興。

我看到一隻蒼蠅從打開紗窗的窗子裡飛進來，落在麵粉袋子上。於是我拿出一點麵粉，讓它在那裡，像個小孩子在雪裡打滾。它其實因為天冷，沒有太多力氣……而對於它的無力，其實也不必傷心——有什麼，不知道那是什麼，但一定有——回來幫助它或它的同伴，幾乎可以比人類更長地生存下去。

正如有什麼必會幫助你。

我吃一個馬鈴薯，又削一顆蘋果，一會兒再洗一籃子棗子。我驚訝地發現，這世界可以結出這麼多的果實，個個圓滿。

我由此分身出許多個「我」，活過了不僅一生。

我穿著白色的運動衣和白色短褲白色運動鞋，背雙肩學生包在風裡，去圖書館，騎單車，陽光打在臉上，我瞇起眼睛，感覺世界美好。

我活在這裡，也在那裡；在此岸也在彼岸，在時間裡也在時間外。

……這些話，只為告訴你我的喜悅。它無處不在。

而當我細緻用心地做一份食物，自然對糧食、水、火和土地空氣……這些純金一樣、大地上具有最古老價值的事物就起了虔敬和尊重。水在水壺裡加溫，麵團嬰兒一樣呼吸，蔬菜果實，圓潤如珍寶……那些普通而珍貴的晨昏……普通而珍貴的事物……一個別人看著平常的事物，你作為寫作者，看著就要有新發現，有不同，被打動：去到一片草坡，它和天空一樣平展。想在一些不忙的日子裡，來這裡跑跑。這件事不好嗎？甚至你看看電視，一個女孩子跳了一段舞，參加什麼大賽，可以得一筆獎金。成功了——在那一瞬間，孩子哭了，哭得厲害。主持人問孩子為什麼哭？孩子回答：因為我可以保護小動物了！……就連我，都很慚愧，這讓人想起，我們大人的骯髒和醜惡。

會覺得一直喜悅，是因為有那一片草坡，儘管在生活的大部分時間裡，我不能去那裡；會覺得因為有個孩子，在電視上讓人感動和羞愧，而自覺澄清骯髒，鞭笞醜惡。

安下心，專心做喜歡的事，你也就不再有時間去想什麼亂七八糟的事情，別人對不起自己啦、自己有多大委屈啦什麼的。眼睛自然就相對純潔一些了。因為文學藝術走進了你的生活，最好的那一類——它們不必激情四溢，或許還要克制；它們不必花俏，甚至非常樸素。所以，一直嚮往一種呼吸一樣的寫作，表面平靜，澎湃都在水下。也許很難，但總會接近。只要一直寫，不停。因為人總要思考，也總要有歡喜悲傷，有愛情有感動，有不滅的自然，有不老不死永遠都噴薄的熱愛……有神意在。

文學藝術教你有一個大胸懷

就是這樣：因為沒事就思索一些美好的、叫人喜悅的事物，譬如讀心愛的書，譬如學習書法繪畫，親近自然，還聽聽古典音樂……沒有時間和精力去抱怨，一些可抱怨之事也就遠離了你。很多時候，就是這樣：你理煩惱，煩惱就理你。你不理它，它也就沒脾氣了。喜悅也是。

講幾個小故事吧，都是真的：

認識一個女孩子，名叫雪櫻，她是我一個忠實的讀者。上個禮拜一，我去看望了她。第一次見，十分心痛：她國中時生病，手腳萎縮，並且還在惡化。雪櫻的父母都是退休工人，父親在幾年前就癱瘓在床，大小便不能自理；母親呢，剛剛五十歲，看上去就像七十歲的人。雪櫻的骨頭和肌肉平時經常痛，由於長年不見太陽和缺乏營養，皮膚蒼白，吃飯都要母親餵。可是，就在跟父親幾乎面對面躺著的那小屋裡，地板上堆著的，是書——我的新書她托朋友已經買了一本，我帶去的一些她買不到。女孩子的電腦基本是用來寫作的，兩隻手，幾乎是只能用指節敲電腦鍵盤，可是她寫出了幾十萬字的稿子，發表在各種報刊上。她告訴我：姐姐，以前也有過輕生的念頭，覺得拖累父母，可是後來不那麼想了，因為寫作了——不但因為寫作能幫助家裡減輕點負擔，更重要的是，我寫作，就覺得自己有價值，覺得活著真好！

那樣一個孩子說「活著真好」，叫人淚下。

文學藝術給你一個世界，這個世界遠比身外這個，要大出三倍之多。用一顆心來裝這個世界，那麼你的心也就大了。有了一顆大心，就能幫助你，在身體和心靈上，都容下難容之事，就能在一定意義上，接近佛——只要你願意，人人可以是佛。

不妨講一點父親對我的教導吧，跟母親一樣，父親一直是我生命裡對我幫助最大的一個人。老人家是書法家、畫家，出色的古體詩詩人。更重要的是，父親有個眾人不及的大胸懷，並不厭其煩地將那種生命態度傳遞與我。這遠比他教我的什麼琴棋書畫有意義得多。

寫作是勞動，極其老實的勞動，所有不老實的，都是泡沫。文字是最騙不得人的，擺在那裡，讚美也讚美不提升一毫米，汙蔑也汙蔑不下一毫米。況且，還有時間的校正。在寫作之初，我的腦子就被灌輸了這個概念。

還有，爸爸對待一些人的態度，也教了我。

有一件事，妹妹和我曾十分不解：

爸爸曾經幫我們姐妹找人刻印章。找的這個人是以前的好朋友，現在專門刻章。拿的石頭是非常好的玉石。結果，刻完了……完全不是那麼回事。具體細節不講了也罷。

妹妹和我當然都覺得爸爸好傻啊——這年頭，弱肉強食，這一套根本行不通。可是，慢慢會察覺：在現實行不通；在人生行得通；在現實一時行不通，一世行得通。

爸爸只說：叔叔也不容易，就靠著一把刻刀養家。

爸爸真的一點也不生氣。迄今，還介紹了不下幾十位朋友給他。

我的境界不高，常常認為：「壞人沒有好下場，那些壞人一個個的，都應驗了這個準則。」提升了一點境界後，也不過是覺得：「人啊，都會和親人、仇人差不多同個時間離開人世，何必計較太多？就看眼前我們這些人，一百年後，全部灰飛煙滅，計較對錯，有什麼意思？」再提高一點點境界，我會無力地想：「照顧有心機的人吧，就像照顧自己的傷口。心機就是傷口。」

但是爸爸，連這個都完全沒有，他不區分。沒有什麼好與壞，不認為什麼人不好，也就無所謂原不原諒。

我在逐漸改正。因為開始明白，改心、換心——把妄心改成真心，把虛偽心換成誠實心，具備大胸懷，最終還是對自己好的。最切近的好處是：內心安靜，可以用百分之百的專心寫作。煩惱輕，智慧長，而由此爆發的能量也會使你自己驚訝的。我很少寫部落格，基本不用，但寫上了一句話：「記住：仍要高度安靜」。是自我警醒。張中行曾如此評說人的優劣：「只有像楊絳那樣『寧肯挨打，絕不打人；寧肯挨罵，絕不罵人』，才跟優秀沾邊。」是有道理的。

寫作如修行，它最終必然通向寬容和慈悲。修行吧，修行是這麼必要：不想醜惡之事，不讀不潔之書，不接收不安靜的資訊，不責備應責備之人……不知不覺地自我警醒著，時間給予著，一些重要的、看不見的光芒。一個大胸懷，可以讓人拋開一切「小」，走向平展慈愛的大地，走向平凡之物，安靜愛護，互生勇氣，彼此從中得到神賜的幸福。

文學藝術和寫作之於我們的意義

有眼睛，去做獨到的發現；有胸懷，足夠大的一張紙，還可保障一心一意，不分心。就像墨和簡碰到一起，剩下的事還有什麼呢？不過是將這發現記錄下來，即寫作。

「姐姐」，寫作以來，有許多讀者朋友這樣叫我——好像大家都成了親人。我蠻喜歡這種感覺。文人是最易親近的人——想想哦，大地多麼大，而只有一小部分人做了這項工作：寫作。該多難得。應該比外人更親近和友愛才好。

名利好嗎？好啊，但那不是必需，常常還成為負擔。文學藝術也不是必需，而寫作，既是不折不扣的勞動，十分辛苦；又像談一場驚天動地的戀愛，摻和了初戀的純潔、熱戀的迷醉和婚姻的長久和細心照顧的愛，無論多麼辛苦，都還是心意不改，眼裡只存它——寫作的那個主體，就只甜蜜，不管隔壁人家怎麼看待——犯不上。你愛它，它也愛你。夠了。

文學藝術真是寶物啊，叫人披肝瀝膽。它是大家的——它的美，豈是能被拘鎖的？它不是生活必需品，沒有它照樣可以吃飯，但有了它，就有了光。在這個光的照耀下吃飯，一切會有所不同。它是你的精神必需品，否則，你就只會娛樂，看手機，成了一個空洞的人。

再簡單講兩個電影片段吧：十一月，我放自己假，看電視上的電影，連續看的——一個《女人香》（Scent of a Woman），裡面的中校，他耍狠，和命運抗爭，與女人調情，跳探戈，開法拉利跑車，很帥，很快活，可是回程時，他過紅綠燈時，被路邊重量很輕的垃圾桶絆倒，叫他承認真相——自己是個瞎子；另一個電影，名字很普通：《心靈出口》（Bitter & Twisted），內容也瑣碎不堪：一對沒有性生活的夫妻，吵架，日常乏味，丈夫妻子對生活都充滿絕望；還有一個插足別人婚姻的第三者，被那男人甩掉了……女人們不再年輕，男人們各有缺陷，生活越來越呈現出孔洞，大大小小，老了、瞎了、聾了、無力了、病了、朋友們死得越來越多了……一切都從五彩變成灰色的了，而未來仍舊未知……接下去，你知道——是dark，永恆的黑暗。無一例外。這就是人生巨大的悲傷。一個看不見的元兇，你無從擒拿。

可是，接下來你看到，沒有性的夫妻，他們最後含淚接吻了；第三者女人，最後跟一個一直等待她的男孩相愛了……文學藝術——電影也是其中一種——文學藝術給了生活一束光。

人人都是那男人、那女人，那瞎子和那被甩的人。而文學藝術，在某種程度上，緩解了人生的巨大悲傷，讓你在逐漸的沮喪和被掏空之餘，還能生出活力和彌補這個虛空的力量。那是力量的核心。

寫作的初衷，很多時候，是將一些事物深掩，將慈悲呈現，捧獻讀者；然細讀之下，能通曉慈悲背後的悲意；再讀的時候，會回暖，重新被眼見和所思的美好之物所打動，從而再次信賴，對這個世界抱有了指望……人就是這麼一輩輩死去，雖然活著的人痛不欲生，一度心灰意冷；可還能夠將親人一輩一輩地埋葬在大地裡，然後在這大地上，竭力將自己的呼吸調成大自然的頻率。背負長眠之穴，飽含熱淚走下去的緣由之

一，也是每一個有心眷顧弱勢、喚醒沉睡、痛擊凶蠻和熱愛生命的寫作人的方向。作品最好少帶給人負面的東西，能夠給自己、也盡力給他人送去力量，是寫作者最好的宿命了。有時想，寫作的意義竟是——我以它為拐，走過一生——誰不是殘缺的？面對時間這強大的機器？

好了，不管時代如何，最好還是最壞，終究會有一些人，在生命之途，不甘被甩，會試著用這根拐杖，這根盲杖，探求著通往光明之路。趕路吧。

（本文為在師範大學的演講）

文學藝術給了我們什麼（二）

這個題目我在高中講過幾次了，還想再講一點新的內容。這個時代，談文學藝術的功用，多少有點不合時宜。但文學藝術的確給了你也給了我，一些看似無用的用處。一起聊一聊吧。

去年寫完書後，我讓自己放了一個假，除了演講或講座，沒怎麼動筆，但大量讀書，並且每天在寫讀書筆記，看到妙處，還忍不住抄書，越讀越寫越抄，就越喜悅，感覺很幸福。

我有一本新書，剛剛完工，暫名《善待我們只有一次的生命》。我們來到這個世界上，被取了名字。於是，我們頂著這個名字，開始了旅程。不管宗教中說到我們還會出生多少次，以這個名字生活只有一次，父母、家人、同事、朋友……特定的工作、事業、歡樂、悲傷……只有一次。以擁有這個名字的身分死去，也只有一次。

我們該怎樣，好好地度過只屬於這個名字的、自己的一生？

追求錢嗎？錢是必需品，沒有萬萬不能。可我的一位朋友，放棄了報社的不菲的待遇，辭職，做自由撰稿人了。辭職前，他對勸他的朋友們說：「在我們身邊，一般情況下，只聽說過有人發財後潦倒了，卻很少聽說有餓死的。」

朋友的話可能有點偏激，但不無道理。十年前，我從月薪頗高的報社辭職，差不多也是如此心態。讀者們會說自己缺少一份這樣的勇氣，其實也是可以理解的，因為畢竟冒著不小的風險。於是我們看到：人人都很忙，都覺得疲憊，壓力太大，像面前有胡蘿蔔的驢子，沒白沒黑地追趕而那麼難以得到。生命的注意力、精神重心、人生面貌……全面物化，眾生喧譁。

這難道真是我們所要的生活嗎？人真正的喜悅，難道不是從內心而來嗎？文學藝術對我們來說，不是獲取名利的途徑，而純粹為生命的需要，是獲得安靜的一種方式。安靜不是事物的不在，而是一切都在。當安靜關注眼前的事物時，常常有驚訝。對事物的感覺，總是更加豐富更加生動。

對令人激動的、美妙神奇的、莊嚴神聖的事物的感受，讓你的生命豐富，增添了幸福感。與生活相同又有所不同，文字在感受中重新排列，煥發光芒——是感受，而不是分析，讓你的作品注滿熱情和愛，讓漢字與漢字相互找到朋友。

說一個真實的小故事吧：我有個朋友，參加過一次詩歌朗誦會，一位朗誦者用俄語朗誦普希金的〈我曾經愛過你〉，他的女同學不懂俄語，但眼看著臉紅了。這就是詩歌、就是文學藝術的魅力所在——就算以語言為載體的藝術形式，也不能阻隔因為語言不通而削減了感染力。超越一切的力量啊，很奇妙。

有一首詩，在我幾歲時，父親就讀給我聽，只一遍，到現在都還記憶深刻——不是我怎麼樣，是那首詩太自然生動了。二十個字而已：「人見白髮愁，我見白髮喜。父母生我時，唯恐不及此。」前幾天我搜尋，才知道，這是東漢詩歌，相傳有幾位老年文人相聚於富春江，在釣魚臺上飲酒賦詩，一位老年侍者寫的。我一直認為，自然生動是文學藝術的最高境界，也像父親常常掛在嘴邊的「真僧只說家常話」，那才做到了極致。它非常朗朗上口，裡面有兩個「白髮」也不在乎。重要的是，「意料之外，情理之中」，有了；深刻的感情有了；豁達，哲理，有了……有點像相聲裡的「三翻四抖」，卻毫不做作，不像作詩，像詩自己在那裡存在。還有一個感覺，就是溫柔敦厚。溫柔敦厚，是古典文學藝術，以及哲學最顯著的一個特點，只有細細品味，才感覺越來越有味道。別人看到白髮，就是感嘆自己老了而已，你看見白髮，想起了這首詩……我認為，生活品質就是因為一些細節的悄悄改變而不同了。

有意思的是，這首詩還有另一個版本，我也是剛剛發現：「人見白頭嗔，我見白頭喜。多少少年人，不到白頭死。」對比來聽，意思淡了，也不溫柔敦厚了，手法上沒有曲折，生硬，不美，還缺乏感情……兩個「白頭」是不必講究的大家範式，三個「白頭」讀上去就有點惡狠狠的感覺了。不是說一點都不好——還是上佳之作。只是比起前者，優劣分明。我們由此也能得到許多啟發和警醒。

大自然已經是照耀生命的光芒，文學藝術則賜予了我們光芒之外的光芒，它們反映出的優美，比俗眼所見要多出三倍的優美。這也就是梵谷、莫內、貝多芬，那些人們為什麼一輩子都沉浸在自己的創作裡，半瘋半痴的原因所在——他們被文學藝術恩寵，看

見了俗眼看不到的東西。

嘈雜的年代來了，許多珍貴的事物被惡意篡改：我們從理想主義來到了消費主義，來到了物質主義、利己主義……我們迎來了無數的主義，暗夜裡抬起頭的時候，發現星空上寫著：「你正位於網路時代」。「娛樂至死」的說法出現了，一些以前「兒童不宜」的東西充斥手機、電腦、閱讀器、電視螢幕……它們有著無與倫比的傳播速度，並且可以讓任何人匿名參與，因此製造出無數文字或圖像的「碎片」，霧霾一樣在精神世界蔓延。網路一半是天使，一半是魔鬼，而很多人，被這個一半的魔鬼所控制，在這個超級垃圾場誤食有害物質，各種可怕的敗壞開始了，並且變本加厲。

有人說，這是時代的發展使然，畢竟新鮮東西出現了，沒有辦法。但我們沒有生活在其他年代，海明威的許多作品在他活著的時候就被拍成了電影和電視劇。而當年電影和電視出現時，對人的誘惑力該有多大？前人怎麼做到的？我們怎樣才能做到？

能不能引導孩子們適當離開網路，適當遠離娛樂，樹立一點價值觀、是非觀？——他們連什麼是好什麼是壞都分不清楚，自己想要什麼也模稜兩可，這樣的一代又會孕育出怎樣的下一代？

能不能去接觸一下真正的文學和藝術？讓真正富於營養的東西，成為孩子們的生命必需品？那些一輩子都會受益的東西？

在這個一切都加速的時代，停下來，冷靜思考一些問題，落後一些，做個保守主義者，不算件壞事。

物質主義讓很多東西被顛覆：速食愛情大行其道；練毛筆字的被稱為「老古董」；開發自然、卻不注重開發的後果；讀書則變為刷Instagram，見面就是「你追蹤我吧」；還有一些下流的圖片影片，動不動就在螢幕上跳出來讓人防不勝防……而街道邊，廣場上，公車上，抬眼望去，十之八九，都在低頭玩手機，就連匆匆趕路的人也不例外……上癮了。而無論什麼，一旦上癮了就很麻煩。而今我們面臨著十分嚴峻的任務，就是跟一些可惡、可恨、害人的思想、觀念、意識，來爭奪我們的孩子們。要反擊的，則是精神鴉片對我們、尤其是對孩子們的毒害。

文學藝術給了我們精神主食。就像大自然給我們的一樣。當人除了吃穿，腦子裡還有了一些叫人長久喜悅的東西，這個人才成為了完整的人，這個社會才是一個知書達理的社會。

看《霍金斯能量圖表》，知道了人的生命觀本身就是能量，那麼，文學藝術觀也不應例外。表的下限是二十，上限是一千，分水嶺是二百，之上產生的情緒對世界有積

極影響，之下產生的情緒對世界有消極影響。個體生命是如此，文化產品也如此。而研究發現，絕大多數流行文化對應的能量在二百之下。那麼，在浩如煙海的文學藝術作品中，能量級在二百以上的又有多少呢？我們為什麼，不創造和傳播一些對世界有積極影響的文學藝術呢？當人越來越老，就會慢慢知道：生命脆弱，人生無常，安詳和溫暖才是陪伴我們走向歸途的力量之源。

其實不只是網路，這個世界就是一半天使、一半魔鬼組成的，有美好，就有邪惡相伴。跟那「一半的魔鬼」展開爭奪戰的時刻到了，爭奪我們的孩子們，爭奪國家的未來。武器之一，就是我們的文學、藝術和哲學，我們人類自己的，真正的「大餐」，不添加毒素、不速成、不變質。我們在有了基本的保證之後，應該吃一點、應該留一點這樣的「食品」給我們的孩子們，而不是幫著誤導、愚弄、以至掠奪孩子們。每個人都能做一點事，哪怕一個人、一個孩子受到一點點益處，它們都沒有白寫。在善良熱情的讀者們鼓勵下，我還會將這個題材繼續寫下去，以中正之心，修行之心——至少，絕不能對不起為印刷這些作品而被伐掉的那幾棵樹。

讀《托爾斯泰傳》，裡面的一個細節非常打動我，大意是：在這座城市的萬家燈火裡，茫茫的夜色裡，想起有那麼一個人，托爾斯泰，就在其中，心裡就有了一種安慰和安全感。作者寫到：「這種狀況絕不是一件小事。」我願意將這部書裡提到的這位偉大作家的名字，置換成「文學藝術」四個字——是文學藝術，一直陪伴著我們，給我們安慰和安全感。一個國家有沒有自己優秀的文學藝術，這種狀況絕不是一件小事。文學藝術永遠不會死亡，它們可以與天地同長久，可以和日月星共光明。

我們終究會不只是詢問和接受文學藝術給了我們什麼，我們終究會奉獻給文學藝術、自己從胸口所能掏出來的一點什麼，去回報一點——哪怕輕如鴻毛的一點——它們給予我們的養分。

（本文為在工商學院的講座，有部分刪節）

寫景散文的難與易

在座的諸位都很熟悉植物，熟悉自然景色。這很有福啊。因為不但寫作有了很好的累積，主要是生活得好。很多時候，我都認為生活遠比寫作重要。你先得靜下來，外除繁雜，內除貪欲，然後才能去寫作——就算寫炮火硝煙，寫婆媳吵架，都要先有個安穩

而堅定的內心才能展開思路。而作為一個作家，熟悉某一個特定的領域，就像往精神的銀行儲蓄了一筆數額巨大的錢財一樣。可以用這些資源的利息養育寫作。那是作家個人的精神故鄉，可以提供一輩子的供養的。沒有枯竭一說，任何一個誠懇寫字的人都難有這方面的苦惱。

寫景散文是塊難啃的骨頭，說難也難，說易也易。說難，是說一個地方，眾人都去過了，都喜歡，不少人還寫下了漂亮的詩文，畫成畫，譜成曲子……在人們心中早已構成了一個勝景，說得嚴重些，幾乎是神蹟了——不可超越，寫壞一點就是褻瀆。

這就麻煩了，為後來者造成了困惑。連著名的李白都不敢貿然下筆。典故說的是這年的四月，他來到湖北武昌。這裡的文人墨客和地方官員，早聽說過「謫仙人」的大名，便商量好請李白到黃鶴樓一聚。這黃鶴樓在蛇山，是江南的名樓，為三國時期吳國孫權所建。凡是到江南一帶的文人，沒有不到黃鶴樓看長江景色的。宴會熱鬧非凡，大家因為有李白在場也特別興奮。痛飲一番之後，自然大發詩情，朋友們請李白賦詩。李白也不推辭，拿起筆來剛要大書一首，突然看到牆上已經有了一首，近前一看，原來是崔顥的一首七言律詩：

昔人已乘黃鶴去，此地空餘黃鶴樓。
黃鶴一去不復返，白雲千載空悠悠。
晴川歷歷漢陽樹，芳草萋萋鸚鵡洲。
日暮鄉關何處是？煙波江上使人愁。

李白看了，連稱「好詩！」接著，長嘆一聲，擱筆念出兩句：「眼前有景道不得，崔顥題詩在上頭。」他果真沒有在黃鶴樓上題詩，因為他覺得崔顥把黃鶴樓的景色寫得太好，已經讓人無法再寫了。

這固然是李白的謙虛，然而也不無真意。那還是寫在牆上，我們現在，是寫在紙上，發在網路上，一日千里，發行萬戶。人家已然寫得那麼好，真叫人難以下筆了。

但到底神蹟不滅，人人看了都有感覺和感想，就有了來來去去如風捲的字跡，記錄同一片山水，同一片樹葉。

某學者在研討會上說的另一句話讓我很有感觸，也是贈送諸位同好的一句寫景關鍵語：「簡墨在散文中寫到了這麼多的泉、這麼多的山，但是每一眼泉、每一座山寫得都不一樣，都能找到那個景色的特點，真是不容易。」

容易不容易，我們都要努力，將它們的特色、它們的細微的不同抓出來。

是「抓」，不是「拿」，不容易，因為在前人和聖賢將它們的好挖掘得差不多了時，我們就得被逼出一雙別具功能的眼睛，在常見的事物裡，去「抓」出來一些不一樣的好，捧獻對我們有所期待的人。

這就需要我們，不但要調動文學才華，還要真心去感受，有時甚至艱苦地去感受，要下笨工夫。越來越覺得，做人、做事以至寫作笨拙一點，才質地綿密，品質優良——一次一次地去用眼睛，更多地用心去尋找所寫之物的最動人的點。你得真喜歡它，一見鍾情或者日久生情這都不重要，重要的是慢慢你得愛上它，幾乎不可或缺了，不寫就難受了，必須寫出來，才算吐出一口氣，不那麼悶了——就像很多人到山頂，會忍不住對著山谷大喊，到了海邊會忍不住大聲合唱。我們要的是個「忍不住」。歌詠大自然是人類的天性，很多時候我們接近山水風光，就不禁歡悅嘆賞，是寫這類題材的易處所在。

容易的是愛上它，難的也是愛上它。不能假裝，也不能滿懷狐疑，大加譴責——那還作寫景散文做什麼？寫雜文去好了。就像我們愛一個人，就要深切，要真切，還要信賴。

愛上就好辦了，這是種比戀愛還要廣闊深入的大愛，深掩著敬畏。愛上了，你就原諒了惡之一切，自己也慢慢變成了夢想成為的那個自己——會為它的春著迷，也會為它的冬著迷，為它的身體和心靈……毫無雜念，也需要安置自己在一個寂寞的角落，不去羨慕繁華。它傳播的資訊時時將你包圍，有一天，甚至你都夢到它了，黑暗裡摸起筆來就寫下了它的題目……就像寫下第一封情書。

這個東西還不算什麼，但裡面純潔而初次的衝動是千金難買的。你需要在手心裡攥上幾天，都攥出汗來，還需要在心裡掂量千遍，哪個字不妥。

於是你修訂，一遍不行就兩遍。然後謄抄，看看字跡順眼了，才郵寄出去。

愛是第一步，不愛不能寫，否則矯情可惡，不如不寫。很多人講說技術不是重要的，我也說過類似的話。那僅僅是對比而言，對比真實，對比質樸的心地。尤其對於散文來說，虛與委蛇簡直要命。但在實際操作中，技術還是重要的。在真心的基礎上，反覆揣摩，再借助語言，將自己想要表達的表達到位——沒錯，語言。一般來說，所有文體（包括詩歌）中，散文最需要語言，而散文中，寫景散文對語言的要求又最為苛刻。所以我們說，寫景散文應是對自然元素的文學化重構，創造心靈的景致，還需要語言來為它「發酵」——今人的寫景，減掉了這番「酵化」程序，一切事物，不論寫這個還是寫那個，因缺少了心靈的體貼和特異的語言，便削弱了打動人心的力量，難免是「死」的，是淺薄的，是無生命的文字，失去的則是風景的魂魄。

因此，一個寫景散文作家，總得有自己的語言，要經得起嚴苛的審讀。那麼，就需要錘煉最高級的審美和最優美的語言；而最樸素的語言是最好的語言。

也像愛一個人，你不能光憑嘴上說說，要真心實意關心人家，才算圓滿。要去探望、接觸、體會，要找來關於它的優秀作品學習；要找來與之相關的書籍來讀，從裡面尋覓啟發自己寫作的靈感。找一些歌來聽，還去找一些人，聽聽它的典故，常常需要與這些人相處，探究與之在一起的生靈（包括人）的形影、性情、感情以及德行……大自然是有生命的，人類對於自然的態度，就是對於生命的態度。不能從生命中抽離的是情感，失去愛恨的風景書寫是蒼白的。而自然而然的昇華，譬如對人生、生命的思考，哲學或宗教意義的延伸……都是在「我見青山多嫵媚，料青山見我應如是」的默契中達成的。咬牙去昇華，反成缺點，不可取。

有時，我會在我權充廚房的後陽臺，灑掃來去之間，看見樓下的人事物。從我在的地方，總是剛好看見，更加清晰的人們，更加安靜、更加微小。也有這樣的時候，冬日的光線傾斜著，照耀地上的事物，它們的影子被拉得很長，緩慢移動的汽車、人等的影子，如同無數幻影。我做這個紀錄是因為體會到了日常生活的神聖和隱匿其間可貴的神奇。

也許，我們該時不時地離生活高一點遠一點來看它，比如站到山頂，比如站到幼年歲月裡的某個夏日……如果我們無法飛上天空或停在樹枝上的話。

最近有一位詩人說的話，我很贊同，她說她的老祖母給她的囑咐是「桃花源地到處有，俯首皆是在心裡，心裡有魔便是魔，心裡有佛便是佛。」寫景的人尤其這樣：心裡有，筆下才有；心裡有什麼，筆下流露什麼。心純良，才看見美。

有什麼辦法呢？照我看，寫風景、寫生活，以至生命，還是以修心為上，懷了一顆易感、信賴、誠摯和深愛的心，別耍小聰明，下足夠的笨工夫，與所寫事物離得近些、再近些，然後必須站到遠處，隔開一段距離，再打量它，便有可能看出些不同，看出不一樣的妙處。於是，這愛深深淺淺，遠近高低就有了層次，「渴慕煙霞成痼疾」，讓「上山水佳處去尋生活」成為生命的本能，才可善欣賞、會描畫，在風景中領略人生風雨、世間滄桑。非但風景，用心靈貼近，像用耳朵貼上牆壁，去感應外部世界：就在身後的一張桌、一張紙，飛在天邊的一片雲、一片霞……無論什麼，落在文字裡，都能化作叫人感動的墨色。

中國古代，以及先前的俄羅斯民族、法國、美國等，都有寫風景——其實就是大自然——的高手出現，寫過這「記」那「記」的柳宗元，寫「舟中人兩三粒而已」的

張岱，寫過《林中水滴》的普里什文（Mikhail Prishvin），以及無人不知的《湖濱散記》作者梭羅（Henry Thoreau），其實還有《聽泉》的作者東山魁夷等等，數不勝數，我們少不了他們，讚美大自然就是讚美母親。有誰不想著讚美自己的母親呢？因為愛她，便會覺出她內裡的清麗。

而現在，科技時代帶來了許多便利，機車、高鐵、飛機，使現代人出遠門成為抬腳就走的事，旅行的廣遠、眼界的開闊，已非徐霞客的時代所能比擬。這時，一個懷著風雅之情的作者，正如沈從文所說，「只要他肯旅行，就自然有許多可寫的事物擱在眼前」，可著而成文，抒發內心。但社會生活的劇烈變革，並沒有促成寫景散文高峰的到來，也未拉近大眾與大自然的心理距離，似乎反倒更遠。相應地，出現了一些所謂遊記，將自己的吃喝拉撒睡都寫上，拍下住過的旅店。某方面來說，實際而好用，作為旅行指南或自己的日記，當然也是有必要的。但是，無用的那些呢？譬如美麗的日落之美？不多，也不被重視。而大自然不僅在鄉村，就在身邊，是我們日常生活的一部分。記得我以前也跟大學生說過這句話。

這是我們這個時代的悲哀，也是我們生而為人卻不能盡享真實滋味的悲哀。說到日落，想起最近去參加藝文評論家研討會，火車上，見落日西懸，無比美麗；然一車廂的人，無不低頭玩手機。可怕的是，中年人在玩；更可怕的是，年輕人也在玩。老年人在睡覺。我想其他車廂也大致如此吧？作家和藝術家不看日落，藝文評論家也不看日落，有什麼理由去責備其他行業的人們不看日落呢？因此，都不看日落成為了正常。這其實挺可怕的。

沒有一個人看日落了，在轟隆隆駛往未來的列車上。可怕的是不屑，更可怕的是麻木。

所以，來寫一點寫景散文吧，讓我們自己於這些存於日常而被忽視掉的美景中，擁有片刻醺醉。我們慢慢就會察覺：大自然所給予我們的，遠不止我們目之所見那麼簡單。

寫下來吧，將大自然所代表的、萬能的美好與力量。能傳遞的，再盡力傳遞一點出去。

有時這個世界太汙濁，需要一些即便式微、然而仍美得叫人落淚的東西來中和一下，否則，就太悲慘了。

（本文為在濟南市園林系統讀詩會上的演講）

是什麼讓我們安詳起來

非常榮幸，能跟我的作家朋友們一起，與諸位結一個好的緣分。在佛家來講，就是結一個歡喜緣。

在這個歡聚的時刻，在廣深、可愛的大自然的懷抱中，每個人都還原成了一棵草、一棵樹，平日裡許多個動盪不安的「我」，變成了一個安詳的「我」，開始學會「正受」，祛妄想，無雜念，只見眼前大光明∙∙共同品味一千年前王維「征蓬出漢塞，歸雁入胡天。大漠孤煙直，長河落日圓」的壯美景色，共同體驗杜甫「朝進東門營，暮上河陽橋。落日照大旗，馬鳴風蕭蕭」的闊大胸懷……當然，還有李白，我們在這塊土地上，可紮實享用李白在樂游原上時揮就的「西風殘照，漢家宮闕」的絕世文筆，更可藉此遙想比一千年還要遠上一千年的漢朝的關山、美人、琵琶，大漠、英雄、駿馬，重溫那首名叫〈格薩爾王〉的史詩，以及那部名叫〈嘎達梅林〉的短調……在這樣美好的景色和這樣美好的詩句、這雙重的美好面前，再多辛勞又算得了什麼呢?世界是能量守恆的，一切所謂的好與壞，都可以看作是生命的恩賜吧?

我們回到自己的心，向內觀照，就會明白，原來那樣的一副軀殼，就算偉岸、迅疾、富貴，也仍然不過是我們寄存世間之物，是軟弱、脆弱、不堪一擊的，無論怎樣的不可一世，原本安詳的我們，終將失去，無一倖免：失去健康、失去青春、直至失去生命，所謂病、老、死。

既然真相如此，那麼為了重獲安詳，就要靠我們自己，像進補中醫裡的補藥一樣，來增加一些什麼，置換出那些可怕的東西：增加與大自然親近的時間，增加閱讀美麗歌詩的機會，增加孩子的單純和老人的慈悲……當然，還要增加摯誠的情意，你與我，你們與我們，我們之間的歡喜緣分，這難得一會的友誼。而這些情意，才是我們不可丟棄的珍寶，是可以陪伴我們、支撐我們生命真正的、強大的力量，使我們不再活得輕薄如紙，而漸漸厚重，成為一堵牆。

（本文為在青年作家與企業家聯誼會上的演講）

講「禮」

說一點我的粗陋感受吧。

眾所周知，中國傳統藝術、中國傳統文學本質上是寫意的，而宇宙的總體有一個內在和諧美，它不是一時之境，也不是一事之小，更不與俗世相妥協，它天真、永恆，至

大無邊。而中國藝術家和文學家，正契合了這個本真，他們用自己的才華，接納這個本真——那是帶有神意的暗示和明示。在這個大美之上，又極大地誇大和深化了自己作品的內美，使事物本身的美、藝術賦予事物的美——雙倍的美，以極其樸素的面目現身，這就是藝術之美，文學之美。

這就要求我們這些受眾，以及創作者，調整自己的呼吸，配合這個本真，才能受眾與創作者相互配合，捧獻出真正動人的藝術和文學。

光我們自己受用品味和創造之樂還不夠，還有孩子們，他們有的對於這些傳統文化不夠了解，態度也比較冷漠：在這個時代，那些都是無用之物。對此，有時我會有點憂慮。

說個親歷親聞的小故事：去年，有幸跟著書法團去韓國，感觸很深。不要說接待人員，就算在街上，坐在遊覽車裡，對面不認識的韓國人也會衝你點頭微笑。今天在座的，也有同學為會議服務，不知你們會不會覺得多餘，甚至覺得那樣多少有些矯情，一天到晚這樣，累死了。

不光你們，我剛去也覺得累、多餘，一週下來，有些習慣了。教育專家不是說過嗎？一個習慣的養成需要兩週的時間。我們早已失去了這種習慣，習慣了那種習慣，就是野蠻。是，我們是經歷了一場長達十年的文化劫難，但那不能成為回歸野蠻的理由——可以用一個有限的時間去培養新的習慣，下點決心，是可以做到的。潛移默化就在其中。

孔子講「仁」和「禮」，「仁」作為一套價值觀，需要透過社會倫理之「禮」得以實現。而一個「禮」的社會，又考驗了眾人內在的德行。國學的意義眾多，其中一項就是教給我們知書達禮——知書達禮的女人好，男人也好。《紅樓夢》第五十七回，說（鳳姐兒）：「幸她是個知書達禮的，雖是女兒，還不是那種佯羞詐鬼、一味輕薄造作之輩。」言外之意有點「如果不『知書達禮』，就有『佯羞詐鬼、一味輕薄造作』可能性」的意思。簡直惡俗。

就算我們願意將這個字局限在「禮貌」和「禮儀」上，也已經有足夠大的意義了。沒禮貌，禮儀盡失，如此情況下，很多時候，也就不懂得感恩。不懂得感恩滋養我們的萬物，就去摧毀樹木、挖山，汙染河流和拆除老建築；不懂得感恩父母兄弟，踢開孝悌，就有人不讓農村來的父親進自己所在大學的門……這問題不可謂不嚴重。

我們喜歡「二安」，研究「二安」，有很多因素，詩詞的好是一個大方面，而易安肝腸、幼安風骨，所謂人格魅力，也是打動我們的一部分。那都需要長期的、多方面的

修為才可以略微接近。

說到幼安風骨，叫人想起古代「士」的傳統，就是西方叫做「社會良心」的那種事物。在古代，修齊治平，是知識分子的理想。所以，古代文人向來有著官吏和文人的雙重身分。幼安是其中一個比較傑出的代表——他上表進諫，請戰殺敵，許多詩詞中表達了這種心情。「國家興亡，匹夫有責」，在某種角度上來看，我們現在，不能說對於「士」的培養，對於文化精神和文化人格的培養，也是缺失的。

不去說大話，也別抱怨。或許關上電視，與身邊的孩子，在燈下一起讀一本《古詩十九首》，才是培養我們和我們的孩子「士」的觀念、是我們也是引導他們進入美好人生的最好開端。

（本文為在學術研討會上的發言）

笨拙

一、

有記者問李嘉誠做生意最大的收穫是什麼時，他回答：誠信。就是不妨把自己想得笨拙一些，而不是投機取巧。這句話貫穿於他的生意經中。

其實寫作也是這樣——以寫景散文為例：要想深入了解一個地方，不能浮光掠影地看景，不能走馬看花地拍照，要住下來，與他們同步，一起生活，一起回憶。如果時間不夠，也要與老人對話。只有人，才會深刻地記錄下一個地方的變遷、文化、風土人情、悲歡榮辱……這是笨辦法，也是有寫好的可能性的唯一辦法。寫法也是「笨」一點好——很多人喜歡熱鬧的，所以就朝著熱鬧裡寫，歇斯底里、灑狗血，可是我們知道，就像敘事詩、史詩的吟唱一樣，應該多用平淡語調，讓內裡的那個東西自己說話，才是真正打動人的東西。

如今的生意場上，輝煌「成果」還真是不少。以最小的一件事來看看吧，這類的例子是越來越多了：造假者宣稱已經掌握了一套「成熟的豆芽菜生產經驗」：在亞硝酸鈉、尿素、恩諾沙星、「保險粉」等五六種化學物質催生下，豆芽菜長得又白又壯又好

看，但吃了這種富含化學物質的豆芽菜會致癌……多可怕！印象中恩諾沙星是用在抗生素裡面的，而尿素直接是用來為農作物施肥的……不知道你們長大了能不能抵禦住那樣的誘惑——非但是豆芽菜這一項聰明的技術，在其他領域、其他人都「聰明」的情況下，能「笨」起來嗎？

拆掉老建築，美其名叫做「開發式保護」——聽說連林徽因故居都如此這般聰明和省力地被「保護」，「保護」得談笑間牆面灰飛煙滅。很多人知道那位女士，二十世紀中葉去世，一輩子在詩書、學問中參悟，神容清明，竟沒有煙火氣，近代絕少的才貌雙全的女才子。可是現在就開始抹去她的痕跡，不應該啊。

文明是一種建設，同時，也是一種侵蝕。當浮躁與喧囂駐入我們的生活，當物欲霸占人心，對精神的需求被一再延宕，還有多少人堅守在清貧寂寞的環境裡，用笨拙的辦法，為保全傳統文明、守護岌岌可危的人類遺產而努力？在日本，他們聘請高級工匠，將一座倒塌的普通老寺廟，一點一點，將木板之類的拆下來，再在別處，用全部的原材質、按原樣小心搭建起來……花費精力、人力不可估量。

二、

這是一個急功近利的時代，任何東西都標上了權與利的標籤，物欲橫流之下，即使文化也被商業化了。有一定話語權的文化人最終都沒有把文化與金錢分離，文化人都如此了，還能期待其他人嗎？

譬如寫作這件事，真的要想在文學上成為大家那就得脫離世俗的羈絆，讓心遠離塵世。一時的成名與歷史認可的大家之間並不相等，今天的暢銷書或許就是明天的垃圾，唯有那善良的人用純真的心，一筆一劃寫出來的東西才可流傳。

看米歇爾．芒索的《閨中女友》：「為了保證書的真實性，我只寫親眼見到的、親身經歷的事情。而不是根據材料或聽她所說。」芒索是真誠的。她沒有利用與莒哈絲的熟稔，和讀者對她的信賴，杜撰文字，欺世盜名。她稟持客觀原則，利用切實的生活細節，勤謹摸索，為讀者還原出真實的莒哈絲。我寫書自然也是追慕先賢，讀過無數作品，走過所有能走到的他們的路徑，就像循著原來的路線重走了一遍兩萬五千里長征一樣，在陪伴孩子租房子、斷絕網路和休閒的日子裡，我用一整年的時間專心修訂，而我的責編則用一整年的時間專心編輯我的書。我們都這麼笨地做我們的事，而並沒有想一

想它到底能帶來什麼。我想我們是正確的。屬於我們的讀者們，他們的選擇也是正確的，一本笨書就像手工打磨的玉器，比起機器製造要自然耐用。

做學問「笨」，勤懇認真，是應該的，對社會有貢獻，但做出來的成果還是自己的對不對？

三、

把自己看得太聰明的人，往往被生活所嘲弄；而把自己看得笨拙些的人，或許還會帶給人們驚奇。

把自己看得笨拙些，可以有勇氣袒露自己的無知，可以毫不扭捏地表示自己的疑惑。未被汙染的純真好奇，激盪起的是真切痴情的嚮往。那份笨拙感，喚起的是追尋真理的勇氣。

把自己看得笨拙些，就不敢憑藉僥倖去瞎闖，不敢為了表現瀟灑去放縱，只好認認真真走好每一步，踏踏實實利用每一分鐘。從一個不太高的起點出發，時時看到的是自己的差距。

把自己看得笨拙些，更能使人坦然處世，同時平靜自省。如果是成功了，因為自覺笨拙，自己沒心情得意；如果是失敗了，因為自覺笨拙，自己也沒必要太失望。笨拙也許是解脫巨大心理打擊的巧妙安慰，更是要求自己振作的強硬理由。

把自己看得笨拙些，不會頭腦發熱、盲目自信，赤膊上陣做傻事，它叫人遇事三思，左右看好了再動手。把自己看得笨拙些，會使人時常拿實力與自信對比，時常拿困惑與激情相碰撞。不輕易冒險，冒險了就要有收穫。

把自己看得笨拙些，不是拿自卑削弱鬥志，更不是用軟弱替無為辯解，而是為了從笨拙出發開創一個不笨拙的境界。

四、

回到我們的學習上來：

世界加速變化和發展，對待讀書這一件事，相應地也就不斷產生出新的方法、新的觀念和新的精神，人在追求這新的一套時，是不是要把舊的都拋棄呢？譬如古老的讀書方法，像抄寫和背誦，今天還適用嗎？

有同學會說：在二十一世紀，網路時代，還要抄寫和背誦，這老掉牙的方式，多麼笨啊。

抄寫是過去的人讀書的基本方式之一，太遠的時代不說，就說不算遠也不算近的明代，有個文學家叫張溥，他就有邊抄邊讀的習慣，常常反覆抄寫六七次，不真正弄懂不罷休，他給書房取名叫「七錄齋」，正是突出了這個習慣和方式。不過，到了近代，這種方式受重視的程度降低，因為人要讀的書越來越多，而時間和精力卻是那麼有限。

儘管我們已經不太可能像古人那樣去抄書了，可是抄寫所具有的特殊意義現在仍然有效。這是一種什麼樣的效果呢？德國現代思想家華特・班雅明（Walter Benjamin）在一本名叫《單行道》的書裡，專門談過古中國的抄書方式，他很耐心地說道：「一條鄉村道路具有的力量，你徒步在上頭行走和乘飛機飛過它的上空，是截然不同的。同樣地，一本書的力量讀一遍與抄寫一遍也是不一樣的。坐在飛機上的人，只能看到路是怎樣穿過原野伸向天邊的，而徒步跋涉的人則能體會到距離的長短，景致的千變萬化。他可以自由伸展視野，仔細眺望道路的每一個轉彎，猶如一個將軍在前線率兵布陣。一個人謄抄一本書時，他的靈魂會深受感動；而對於一個普通的讀者，他的內在自我很難被書開啟，並由此產生新的向度……中國人謄抄書籍是一種無與倫比的文字傳統，而書籍的抄本則是一把解開中國之謎的鑰匙。」

就像任何發達的交通工具都不能代替行走一樣，抄寫也有它的不可替代性。今天你可以根據不同的情況選擇不同的交通工具，汽車、火車或者飛機，但無論如何，步行是無法廢除的，而且有的時候，步行是最合適的。

那麼背誦呢？背誦和抄寫一樣，也面臨著現代的挑戰。清代的大學者戴震，不但十三經本文全能背誦，連十三經的「注」也能背誦，著名的歷史學家余英時感慨說，這種功夫今天已不可能了。人的知識範圍擴大了無數倍而且還在不斷擴大下去，我們不可能把精力就集中在幾部經、史上面，但是選擇少數重要的經典或篇章，反覆閱讀，乃至能夠背誦，仍然是必要的。

可是，我們不是要反對死記硬背嗎？

這裡要做一個區分。在學校裡，為了應付考試，老師要求學生死記硬背一些內容。這裡面，有一部分東西除了應付考試沒有別的意義，考試完了也就可以扔到腦後，對這些東西的死記硬背是越少越好。但是一些經典或重要的篇章，其意義卻是長久的，我們基本的知識架構、良好的人文素養，都離不開它們，熟讀乃至背誦它們，是為了從中汲取更多、更好的人生養分。而且，熟讀和背誦的過程，並不就是排斥理解的過程，恰恰相反，就是在這樣的過程中，理解發生了、加深了，滲透和影響發生了、加深了。這也就是為什麼說「讀書百遍，其義自見」的道理。

背誦也不僅僅是中國的傳統，西方的人文教育也有這樣的傳統，有的大學就設「偉大的典籍」課程，要求學生熟讀乃至背誦若干經典。這樣傳統的做法有時會不被重視，甚至會中斷，不過同時也就有人不斷地強調對此的重視，不斷地把中斷的傳統恢復起來。就在二十一世紀的今天，愛爾蘭詩人謝默斯．希尼（Seamus Heaney），一九九五年諾貝爾文學獎得主，在談到另一位諾貝爾文學獎得主，著名詩人約瑟夫．布羅茨基（Joseph Brodsky）時，還特別敬重地談到了這樣一個情況：「我覺得，他改變了美國的文學習慣。約瑟夫所做的，是堅持記憶的重要性。美國大學裡的詩歌教師，現在都常常要求學生背誦詩。這件事幾乎是約瑟夫．布羅茨基一手促成的。他一九七〇年代初來美國，當時文學教育中已不講究背誦，沒有人背詩。就連哈佛也沒有人要求背詩。他來了，要求這些人，哈佛的本科生讀詩背詩。我想他有點獨裁，畢竟他是在獨裁政權下成長的。但我覺得他讓人們明白念詩的快樂。」

確實，背誦和抄寫，都是挺笨的老方法；可是，即使是在二十一世紀的網路時代，有的時候——當然不是所有的時候——古老的方法是最好的方法，笨拙的精神是最好的精神。

（本文為在大學的講座，原題為〈人生中的幾個關鍵字〉）

我們為什麼要紀念李清照

提筆之前，就在想一個問題：我們為什麼要紀念李清照？

誠然，在華人三千多年的文化史中，李清照極其閃亮，是人們心中永遠的「super star」。這是第一個原因。

以前我寫過一本書，三十七萬字，即是深入鑑賞「二安」詞作的一個嘗試。其實就算寫得那麼辛苦，也仍只能涉及其詞作中很小的部分。對名士文化的開掘是沒有止境的，只有樹立「挖井」精神，才能發揚名士文化。

第二、如何深入研究、發掘東方傳統文化的價值，是個十分值得關注的重大課題。研究、發掘什麼呢？太多了，以至於就算只研究其中一個子題，耗上一生都不能窮盡。

譬如：李清照或辛棄疾筆下眾多的風景。他們寫得多麼美！

「美麗無比的夜空、洶湧翻騰的海濤、莊嚴偉大的山脈，無時無刻不與我們的心產生共鳴。小花綻放著芬芳、白楊在風中起舞。『宇宙中沒有一點』，喀爾文說，『是讓你不能看出上帝的榮美的。』」 這是基督教哲學家普蘭丁格（Alvin Plantinga）在自然

中感悟到的、難以言說的美感。發現美的本領不分東西方，沒有職業限制——一個農民或自由工作者都有欣賞大自然、享用它的權利。

而這種人類最基本的審美已經被破壞殆盡——你可以看到，就算孩子們在公園裡跑，也大都只是對碰碰車之類感興趣，而不會去問家長某棵樹叫什麼。集體審美鈍化十分可怕——沒有了豐富細膩的人生，感情也淡漠起來。藝文在這方面正該有所作為。少數人認為一寫大自然就是不食人間煙火，就是進入了「象牙塔」，就是遠離了底層和現實生活，那麼不要說「二安」，李白、蘇軾他們幾千年都做了些什麼？「黃河之水天上來」「大江東去浪淘盡」……無數無比美好的詩句不是文學裡的瑰寶嗎？這是個很大的失誤，也是因麻木了體悟能力所致，需要引導閱讀舊詩或創造新的優美詩句來拯救，拯救對美的感受力。重新領受這份上天的禮物。這是大事，是大眾、是所有呼吸著的人都不應錯過的，倒不僅底層或非底層分來分去地那麼狹隘。

第三、我認為我們今天紀念李清照，呼喚優秀傳統文化的回歸，更重要的，是要服務當世，促使同物質發展匹配的精神發展跟上來，建立和鞏固一個文明的社會。

一個社會是否文明，顯性的指標是知恥。很多人寡廉鮮恥到了無可救藥的地步，大的如貪汙腐敗，小的如網路中的狂爆粗口。沒有羞恥感，並且不知道什麼是該羞恥的，什麼是不該羞恥的。羞恥心像癌一樣發生了病變，鄙視細緻的優雅、禮貌和文化，以粗鄙為能事。人性劣根性的變本加厲，叫人產生「至今思項羽，不肯過江東」之嘆。

時代發展的同時，也出現了一些發展中不可避免的問題——傳統社會之中，人們尚且仰望士大夫的家國天下，「仁義禮智信」如今換成了房子的坪數、轎車的牌子、股票市場的指數波動、高富帥與白富美的全民崇拜。某些現象出現了：商業牟取暴利，食安問題層出不窮；道德無序，馬路上扶老人都成冒險；社會無理想，拜金便是追求……但這不意味著人們精神上沒有追求了，恰恰相反，人們從沒有放棄過對精神家園的渴望。精神家園最根本的支柱，是世代傳承下來的優秀的傳統文化，我們由此可知我們是誰，做人的基本法則有什麼，叫我們充滿力量的源頭在哪裡——哲學、藝術、文學、生活以至生命的意義都在這裡了。

顏淵曾向孔子問「為邦」之道，孔子答道：「行夏之時，乘殷之輅。服周之冕。樂則韶舞。」引導弟子們親近那些雅正的事物，並說「放鄭聲，遠佞人，鄭聲淫，佞人殆」，放逐鄭國的樂聲，不用巧言的佞人，因為鄭聲淫，佞人危險。文化不只是娛樂形式，而應該有令人心靈高尚的教化作用。所以「韶舞」才成為文化事業，敗壞人性的「鄭聲」則必須被拋棄。真正需要深化、推動的是文化對國民的心靈教化，潛移默化，

潤物細無聲，如此，才能真正長遠地造福當世，澤被後人。

而今日作為「二安」文化的研究者，我們需要做的也是不斷發現和弘揚以「二安」詞作和人格魅力為代表的優秀傳統文化的意義，促其傳承與新的發展，準確地轉達它的價值觀，傳遞正能量，將個體的小我融入集體的價值，共同成就時代的夢想。

（本文為在紀念李清照誕辰九百三十週年座談會上的發言）

倒空和裝進

訪談人楊景賢（以下簡稱「楊」）：請您談談自己的創作經歷，譬如何時愛上文學並與文學結緣？父親對自己的影響，難忘的寫作故事等等。

簡墨（以下簡稱「簡」）：那是挺遠的事了。小時候生活的地方很噪雜，一個大宅院，水管設在院子中央。每天圍繞這個水管，不管是洗菜，還是洗碗盤，時時、處處耳邊縈繞的都是的練功聲和鋼琴、小提琴的聲音。練功棚在大宅院西南角，一整面牆的大鏡子，四週一圈的扶手，阿姨們一圈圈纏上和一圈圈拆下練功鞋裡腳尖帶血的白布帶……這些都司空見慣。爸爸做舞台設計，也寫大型歌劇的字幕，都是用極為工整的小楷寫在透明玻璃紙上……這些資訊，就像吃飯喝水一樣，在我的幼年和童年生活裡不可或缺。媽媽早年又是十分優秀的戲劇演員。因此，我接觸音樂、舞蹈、戲劇乃至繪畫和書法，是不自覺接受的，潛移默化，對它們的喜愛有點與生俱來的性質。記得三四歲起，在蚊帳裡爸爸一句一句教我背古詩，到五六歲，爸爸讓我每天早上背一首，自己搬著小板凳到小樹林裡去背，要求會認會背會寫會講；還有練習書畫，每天中午臨帖、練習，爸爸會認真檢查，滿意的和不滿意的筆劃，爸爸分別畫上紅圈和叉叉。哪天沒完成，就不能吃飯，鐵尺打手心，直到全部完成。

媽媽是特別嬌慣孩子的人，早上上學都捨不得叫醒孩子。可在爸爸教育孩子、懲罰孩子的時候，媽媽都不護著，雖然能看出來很心疼。現在那個情景還在眼前。

上國中時，爸爸調到了藝文部門。也非常有意思——是一個十分安靜的地方，好像鬧市裡的深山。當時我們家放著五、六十種雜誌，有個圖書館，在一九八〇年代，其藏書量還是很可觀的。就這樣，我在圖書館度過了少年和青年時期，直到爸爸調入市政府，將我交給了大學的圖書館……從出生到工作，一路都與書、音樂、書畫、詩歌連繫著。所以，十五歲在報刊雜誌發表詩歌，也就順理成章了。到現在，爸爸的許多老朋友

還記得我小時候的樣子，譬如用剪刀剪斷伯伯的二胡弦、剪短阿姨的油畫筆，還有六七歲時每每在大人聊天時很快讀完一本書、被懷疑記住與否、提問書中內容卻對答如流的趣事。很懷念小時候，因為有太多的歡樂，以及從書、從文學藝術中得到的無形滋養。還有，媽媽和一些看著我長大、離開了的伯伯、阿姨都在那裡。

楊：請您談談文學對自己精神的滋養。

簡：文學藝術給了我一個大胸懷，安靜專心從事創作活動。叫人在任何境遇下，都覺得：我和生活彼此和諧，一切都是好安排。這是慢慢才達成的。逆境時，會覺得已經擁有了那麼多，上天取走一點正常；順境時會認為，也沒什麼值得歡喜的，應該來的總歸要來。

前一段開始，喧譁來得更猛烈了一些。一天晚上，我夢到了一句話：「打馬過長安。」醒來後，我趕緊在網路上查了查，是不是某個古人的一句詩文，看看是零，知道是自己內心的呼喚了——我是想，儘量避開虛榮，繼續全神貫注於工作。會的。一切都是過眼雲煙，只有作品留下來。不明白這一點的話，就不用再寫作了。

楊：您為什麼對中國傳統文化情有獨鍾？

簡：就是因為從小就泡在裡面吧，背了幾千首古詩，讀了許多不分文史哲的書籍，耳濡目染的都是好東西。越來越喜歡，一直到熱愛，再到離不開。在這個自己著迷的過程裡，會發現其實真正喜歡它們的人並不多。因此，很想為中國傳統文化做點什麼——續一點柴吧，期許這把火旺一點，燃燒得長久一些。

楊：在這樣一個浮躁和功利的社會裡，速食文化大行其道，您卻選擇寫傳統文化，是否有點冒險？

簡：是冒險，這在開始之前即知道。我辭職，將以前幾百萬字的專欄稿件賣掉，就決定走上這條不歸路了——可以回頭嗎？誰也沒規定我必須走下去，甚至在擔心地阻撓。但我自己給自己立了一個軍令狀：不可以回頭。而家人（父親、伴侶、兒子、哥哥、小妹）中，誰心裡都清楚：她（女兒、伴侶、母親、妹妹、姐姐），真的要開始她的長征了。我為此準備著的一切——從學齡前，從沒好好讀的小學、中學和大學，從只昏天暗地談戀愛的青年時代，就已經在積累和浪費著的時間和才華，就要來一個算總帳的時候了，那就是：為中國傳統文化努力。

都這樣了，冒險啊勞累啊什麼的，早置之度外。

楊：在寫作過程中，您忍受了常人難以忍受的貧困和孤獨，是什麼精神支撐你走下去的？

簡：種種原因吧，曾經面臨過繳不出保費的窘境。有時也想放棄寫作——這個有什麼用？積累許多年，寫作好幾年，沉默著，還不如去寫專欄——十年前我寫專欄時，一個月拿過五萬三。寫這些，因為慢，因為不拿零碎文章出去發表，前兩年一點錢都沒有。有時愁得生活費都拿不出，還是咬牙挺住了。

剛開始時想報答父母的教育之恩——白學了這麼多東西，我爸爸多希望看見我用功啊，媽媽也不願意我荒廢掉爸爸那麼費心教我的本事。然而在這個研究、探索、創作的過程中，越來越愛它們了，後來這份愛越來越強大，可以抵禦住自己的那點小困難了——就像一個流浪藝人，因為走在春天的野地，看到天地太美，忍不住歌唱，忘記了身上破舊的衣裳，和腹中飢餓。

楊：您在寫作時，體現了一種守護傳統文化和負責精神，這種精神主要源自哪裡？

簡：還是源自熱愛吧，當然還有責任——文人的責任，公民的責任，人的責任——譬如對唐詩：我背了這麼多詩詞都不寫它們，誰來寫？

不能光享受，不挑擔子。而誰在這些珍寶裡面越陷越深，也會不能自拔、不忍抽身而去的。有記者問過我會不會繼續這類題材。一定會的，哪怕明年我做一些其他內容的工作，也不會離開。這些年為了完成作品，挺累的，打算休息休息，也多享受一下它們——會將一部分精力用在書法和繪畫方面。那也是父母苦心培育的，我一日不間斷地練了十五、六年的書畫。它們有資格得到主人更多的時間，也該讓主人因為它而享享福，不光為它們受苦。

楊：您個人認為作品的精神價值和文學價值主要表現在哪裡？

簡：這個系列，它最重要的精神價值在於：它所書寫的那些漢字、書法或國畫、劇作或樂器……它們是華人的心臟，陪著這群人活過無數世紀，而一旦它們不跳動了，這個民族就等同死亡。我願意做一份檔案，就像一個心有牽掛的人，儘量真實地記錄下我們曾經取得過的光榮與美——哪怕是芝麻大的一點，我的心血也沒有白費。

它的文學價值，我覺得還是它的詩性吧——我是用寫詩的力氣來寫散文、文論的，總之和「詩意」、「詩化」等有關係。可能與我早年寫詩有關，更與沒間斷恩賜於我的那些經典有關——俗話說「熟讀唐詩三百首，不會作詩也會謅。」我想，這當然歸功於而今還記得的上千首古詩詞，是古代人留下的、品味、境界、語言都堪稱絕佳的文學和藝術，給了我詩歌的靈氣。我至今仍在勤懇恭敬地研讀、背誦它們，也在自己的寫作實踐中，盡力維護文學的純粹性，遵從朱熹先生的教導：「虛心涵泳，切己體察」，態度虔敬，不敢懈怠。說實話，有一兩年，我什麼都不讀，唯讀詩歌，包括西方詩歌。作

家鄭重下筆，認真苛刻地對待每一個字，是起碼的職業道德。如果投機取巧，不要說對讀者不恭，對自己也極不尊重。

楊：我讀了您的作品，感受到您對京昆藝術的詮釋很有特點，您不僅對京昆藝術很內行，而且還能從藝術的背後看到一個更深的層面，如人性、情感等等，增加了作品的厚度，可引發讀者更深的思考。您在寫作時是否做過這方面的準備？

簡：是的，做了大量準備。因為本子和演出都太好了，讓人不由得深陷下去，一遍遍沉醉、感動、思索，享受那些程序細節、技巧奧妙、藝術之美背後的人格、人性之美、乃至於今不無針砭的現實意義。我做的準備首先是將自己倒空——倒空虛名實利，倒空陳詞濫調，然後再裝進，裝進真才實學，裝進血肉靈魂，甚至還裝進了這個時代的疼痛和牽掛……最後才是寫作——「倒空」和「裝進」這兩個簡單動作用去我絕大部分精力和時間，落筆只是剎那。

楊：您擁有很多粉絲，他們在您的創作中造成了哪些作用？

簡：溫暖，還有讓我感覺生命的美好。

譬如我用全新的筆名出第一本書時，一位畫家就買了我很多書，打算送朋友，我們就在這郵寄來——簽名——郵寄去的麻煩中，結下了深厚友誼，到今天，每年的端午，他都會發簡訊給我：「姐姐，節日快樂！」我也不知為什麼，他選擇這一天發——或許他也認為這是中國的「詩人節」？許多素昧平生的人們，一直關注我、關心我，我一有點情緒波動（譬如被生活費卡住時），他們就能從我貼出的稿子上看出來，給予鼓勵和安慰，他辭職、她煩惱會打電話給我，我也會打電話訓他不能辭職、安慰她生活裡不單單只有愛情……我們成了親人。有個讀書會，他們的主席李先生告訴我，讀書會已經專門設立主題，研討過兩次我的作品了——我們以前沒見過面，人家集體買了我的書，偷偷研討，也沒告訴過我。我嘴上沒說什麼，心裡非常感激。知遇的溫暖，是千金難買的。

有些讀者會郵寄茶葉、補品給我，我推卻不掉就拆開吃掉了——不吃就覺得不信任、褻瀆了那麼好的心；當然不能不特別感謝讀者，他們幾年來給我郵寄紅棗、蜂蜜，以及覺得對我寫作有參考價值的、珍藏了二十多年的書；還有在我辦簽售會時他從外縣市專程趕來，帶給我一塊沉甸甸的泰山石……要怎樣報答？如此重的恩情？

我會為之寫上一生。

（本文為記者楊景賢對作者的專訪。

原題為〈自覺投身於對中國傳統文化的傳承和保護〉）

古典文化的詩性解讀

記者：而今很多中華文明的活化石離我們的生活越來越遠，甚至正在從文化視野中漸漸消失。儘管很多人並未意識到這類事情的嚴重性，事情的確嚴重得不能再嚴重，這意味著人們的文化感受力和基本審美能力不自覺地下降了，對世界的感知能力也在漸漸退化。在這種情況下，您的著作的出現意味深長。請問您是從什麼時候開始文學創作的？又是怎樣的一個機緣，讓您起意創作這樣的作品的呢？

簡墨：沒有什麼機緣，好像清晨醒來，伸個懶腰，覺得睡足了，該起了——該寫了：從小就被這些好東西滋養，自然而然就想將它們分享給大家。蠻簡單的。或許心裡還將它們當成對以往被浪費掉的時光的一種補償吧。我十五歲開始寫詩，到二十歲擱筆，中間忙些雜事，之後開始經營專欄。在二〇〇八年末，賣掉了所有樣報樣刊，重新開始了真正意義上的文學創作。這一系列作品就是再次啟程的第一個腳印。我把它看成是自己的處女作；而二〇〇九年，我把它看成是自己的創作元年。

記者：這個作品被讀者認為是「從靈魂、生命裡生發出來的文字」、「古代藝術家遙遠的知音」，在獨特的語言中，人們可以讀到唐詩大氣的脈動、宋詞婉約的韻律和元曲奔放的節奏，往上甚至可以追溯到「關關雎鳩」裡水草豐茂的人文生態，十分富於詩性和創造性。這是您有意追尋的一種風格嗎？您是如何做到這一點的？這個系列還會繼續嗎？

簡墨：很多時候，我活在自己的世界裡。而且，對它是滿足的。五歲時，父親逼迫每天早上背誦一首古詩，搬個矮凳，去一個樹林裡，有高大的白楊、喜鵲和小灌木，我幾乎能跟它們對話。這沒什麼不妥。這種狀況持續了六年。後來，我發現自己一直有這種趨勢，就是不在意自己說的話是否被人聽到，被理解，或是有回應。我認為那不重要。我有可能是在跟一個理想的讀者說話，也可能是在對自己說。這個世界是我獨有的，由我的犁開掘種植，自然帶有了我的血肉。

不會，這個系列到第七本結束，目前正在做的是更讓我著迷的一組題材。將來這個題材還會繼續。

記者：剛才您聊到自己以寫詩入道，我也聽說您早期的詩歌作品上過詩刊。我早年也寫過詩，知道某些頗具權威的詩歌刊物，發表的難度很大。早年寫詩對您的意義是什麼？詩歌與您而今的寫作是怎樣的一種關係？

簡墨：寫詩似乎是很多人的必經之路，因為青春就是詩歌。詩歌是迷人的，即便在今天，我也常常有寫詩的衝動。有一些零碎的積累。我所認為的詩歌概念，是包括其他

門類的——其實一切藝術做到了頂尖，我們就可以稱它為詩歌；而創作它的人，我們都可以稱為詩人。進一步講，即便不從事文學或藝術創作，他（她）只要有一份情懷，那份感覺類似於詩歌，我們也大可稱呼其為詩人。在作品或訪談裡，我不止一次提到，世上人人都有表達世界和向世界表達自己的欲望，這簡直是一項本能，一種生命現象。很多人沒有機會表達，做了別的工作，譬如放羊，譬如種地（但那也可以理解為一種表達）。而我們多麼有幸。所以，我很珍惜，同時又有惶恐，怕對不起手中這枝筆。

詩歌支持了我今天的寫作。今天的寫作是昨天寫詩的繼續。在我看來，寫作包括寫詩不是一件神祕的事——寫作透過寫作者而發生，寫作者只是通道。還是以剛才的例子為例：就像放羊，撒在田野上一片雪白的小羊；就像種地，一排排綠油油的植物從手下冒出，和撒在紙張上一片墨黑的漢字和一行行各自生動的句子從鍵盤滾出一樣，寫作是件瓜熟蒂落的事情，只要情感飽滿、純樸，對這個世界有牽掛，有一定的文字基礎，每個人都有提筆的權利和可能。

記者：您的文字、書畫，是各行其道，還是互有溝通？您為讀者所驚嘆的創造力從何而來？

簡墨：它們在很多時候是一體的，我在享受寫作之樂的同時，不想失去其他的趣味。它們又是不同的，就像咖啡和茶。說起來無論哪一種藝術門類，都是指導我們更好地生活和體味生命奧祕的最好的老師，我不想為了一種樂趣而失掉另外那些。說到底我從不認為寫作是樁苦差事——世上哪一樁差事不是苦差事呢？只要用心做，必有付出。怎麼苦也沒有農民苦，況且還有沉醉的甘甜。我常在偉大的文學作品裡學習如何寫字作畫，又在傑出的書畫中學習如何寫作，對我來說，無論是寫作還是其他什麼，都是一種創作活動的不同表現，是遵從己心。所謂創造力，就是遵從己心的自然結果吧。

一直以來，我不算用功，而之後，會將寫作看成自己的正業，其他的，算玩票性質吧。它們各行其道又互有溝通。

記者：平時喜歡安靜對嗎？您的作品裡有盛大的安靜曲折埋伏著，有時需要回頭重讀一遍才能讀懂。而每次和您通電話，我都感覺您是被電話鈴聲從自己的世界裡驚醒過來的感覺，每每放下電話，我都在心裡羨慕、沉吟好久。在生活中，您是一個什麼樣的人？又如何看待當今世界的喧囂？如何抵禦？可不可以就此與熱愛您作品的讀者交流一下？

簡墨：沒錯，是喜歡安靜的人。喜歡自由，獨自待著，讀書，聽音樂、崑曲，寫字……喜歡生活裡美好的細節，喜歡一點一點享受它們……喜歡大自然。厭惡束縛，或假借各種美好的名義束縛人的東西。為了自由自在，我常獨來獨往。這種行為的弊病

是：當一個「你」或「他」出現時，常常會過分顧及或照顧別人的感受。這樣，又會讓我感到束縛，讓我更傾心於獨來獨往。

然而我同時又喜歡溫暖，譬如來自讀者朋友的溫暖。每當朋友們在部落格或論壇上祝福或囑咐天冷加衣，我都十分感激。可溫暖歸溫暖，很少開口做長篇的交流。我的作品就是我們的交流。

世界的喧囂？對我來講，沒有什麼喧囂，更談不上抵禦。一切都不能打擾到我。就像我們有時並不需要旅行、一想即到一樣——不想喧囂就一定有辦法不喧囂，譬如：關上門。

記者：說一說您筆名的由來吧。十幾年前，您在網路文學論壇用的是「蒹葭蒼蒼」這個名字，中間還有其他幾個筆名混合使用。改名字有什麼寓意嗎？

簡墨：這是我以前的筆名，稿件量多的時候，一個刊物或報紙一期發三、四篇，編輯朋友只好隨口取兩個，參雜在裡面。後來，二〇〇七年舊曆年前，在和研究周易的老教授吃飯時，送給他一本我的專欄集，他看到這個名字就開始讚嘆，說為什麼不用這個名字，飯後還在建議我用「簡墨」，說我以前的名字火和火抵消了很多能量。而我父親也懂周易，曾建議長期用這一個。有時老人家的思想是很有意思的。

我自己喜歡「簡」這個字：古老的紙張；簡單，簡澈，簡潔——生活簡單，心思簡澈，行文簡潔，都是符合心意的。並且，裡面有個日頭照著，是我喜歡的溫暖。而「墨」呢，從小練字，和它的感情也很深。

記者：請問您自己平時的閱讀側重哪些內容？給我們的讀者列一個書單吧。

簡墨：我喜歡自由，反映在讀書上也是如此。就算在做專欄的十幾年期間也還是一樣，不會為了迎合讀者去讀和寫一些有用、討喜的書，不跟風，竭力不用時尚用語。

我一直蠻喜歡「巔峰」作品，一些所謂難讀的書——竊以為，難讀的書才是我們需要用力去讀的書。譬如歐美十九世紀的經典們，脫胎於十九世紀文學母體二十世紀上半葉表現主義的、另外的那些經典們，以及幾乎全部的俄羅斯文學。應該都是隸屬「巔峰」系列。還喜歡先秦文學，它們整體氣象好，沉雄厚實，無憂無懼。當然還有一些閒書。其實，忽視對當代作品的閱讀是我的缺點。以後會有意補補這方面的課。

書單就不開了吧，我自己也還在學習階段，對許多問題懵懵懂懂，想找人問問。

希望以後大家給予我指點和批評。

（本文為報刊專訪）

天真自然是吾師

從青年詩人、專欄作家，到而今散文家中的翹楚，簡墨的文字為眾多讀者所喜愛，被評論家稱為靈魂的縱情歌唱。她將沉靜、深微的生命體驗融於廣博的知識背景，在自然、文化和人生之間穿梭自由。尤其值得稱道的是其語言，豐贍明澈，充滿張力。

勤奮與寂寞

「二〇〇五年以前，我從政府文祕，到大型企業策劃人，到報紙編輯記者，開始寫詩歌，業餘時間做專欄，一直很順利。後來由於一些私人因素，我閉關三年。二〇〇九年，開始起心動念進行文學創作。我每天五點起床開始工作，常常一低頭一抬頭，就是白天到夜晚，午飯常常忘記吃……這個狀態一直到今天，不減分毫，倒是有進一步加強的意思。人到中年，發現自己是不寫就不能活的人。」簡墨說，「世上沒有白走的路，也沒有白捱的苦難。」

記者：您在寫作的同時，還是一位很有特色的書法家、文藝評論家。怎樣平衡這三者的關係？它們在您的工作中所占的比例大約各為多少？

簡墨：它們搭成鷹架，是個穩定的支撐，人在上面艱苦作業。陸游說：「工夫在詩外」，其實，在各自的領域內，工夫都在「詩外」——書法在書法外，評論在評論外。它們最大的效用為：書法教我沉靜做事，評論教我嚴謹思辨，而寫作則教我創造一個豐富的精神世界。前些年，認真生活和體察生活，讀書和研究有關藝術占去了我大部分時間，下一步，要將生活積累和修為沉澱化為作品。今年的工作重點則是書法和書法理論創作。它們又是用文學手法作為紅線牽連起來。

記者：您創作的質和量被讀者驚嘆——屢屢得獎，五年間寫就幾百萬字的文學作品。如何做到的？

簡墨：人在工作上的成長如同人的衰老，幾乎是一夜完成。有位學者寫我某一天「憬然開悟」，「遂將那些載有以往作品的大捆報刊付諸拾荒漢」，這件事是他認真詢問過之後寫下的。每個人在生命中都有幾個重要時機點，類似於天啟。那是一道閃電，突然間將天地照亮，映射在心上，於是你認了自己的命，這就是你的命：寫字——寫作和書法。你一輩子都被打上了它們的烙印，再也丟不開抹不掉。我的某本書封底，曾有這麼一句話：「幾年來，我像一個酒鬼泡在酒缸裡一樣，沉醉不能醒……」你都將自己這個肉身投進去了，血水裡洗了鹼水裡泡，然後立雪程門，水潑、棒打、驅逐……都不

離去。對文學要敬畏虔誠，要痴愛，勇猛精進。在類似於閉關修行後，出來一點化學變化，不奇怪。

記者：閱讀上有什麼偏好？

簡墨：讀書對於寫作者和非寫作者都是如此必要——不讀書，無趣。我喜歡讀笨書和笨讀書，算是一點心得。讀經典，讀難懂之書；精讀，大量抄書。有本日本人寫的有關茶禪的書，十萬字，我從朋友那邊借來，日夜不歇，幾乎抄完，還書時他失聲叫「瘋了，瘋了，真是瘋了！」。近期抄的書是《行走的迷宮》，三十萬字，抄了四分之一。去學校演講時，我展示給孩子們看過，為了激勵孩子們的「笨拙」精神。

記者：寫作對您來說快樂居多還是痛苦居多？在您的最新作品裡，我看到了您面對傳統文化的失語、記憶的淪喪、底層民眾世襲貧窮的物質和精神生活等進行的批判和辨析，深刻駁雜。創作這些時應該是痛苦的。

簡墨：寫作當然是快樂之事，因為探求的是世界的祕密，同伴在哪裡，絕望背後的希望是什麼……身體上是有點疲累：思考、動筆的沉溺叫人徹夜不眠，我不屬於團體，基本是一個人在奮戰。是的，寫作過程中常常體察到痛苦，面對叫人痛苦的創作對象。這些都是耗人的。然而創造的幸福遮蔽了一切，補的精氣又遠遠多於損去的。在這個看圖不看書的時代，在這個聊八卦刷臉書的時代，我想一直安靜「挖井」，哪怕只有一個人因此嘗到一口甘甜也值得。

章魚般強勁的把握力和克制力

簡墨的作品題材廣泛，形神兼備，運用了迥異的文學風格和創作手法：簡墨的作品無論寫景、寫人，寫親情、人性，闡釋文藝義理，抑或思辨人生大道，都一直在突破自我，繁複、結實，具大氣象。其才情的多方面迸發勢不可擋。

記者：您目前有什麼創作計畫？

簡墨：今年我的工作重點是書法，創作和理論兼顧。散文還會繼續寫下去。

記者：散文寫到這個程度，是否有意變換一下體裁？還寫詩嗎？

簡墨：會堅持散文寫作，用寫詩的力氣來寫散文。詩歌一直寫著，那是我的「據點」。詩歌是給我最大支援的東西——不是說工作，是說生活。詩歌像個宗教，宗教很多時候——像詩歌。詩歌和宗教都是向內收著的。太外在的事物耐不得細嚼，也沒力量。有了詩性和神性，八爪章魚似的把握力和克制力就來了。寫作者都嚮往既可抓握又能克制的那種狀態。

記者：評論家朋友們曾談起您的創作狀態非常好。依靠靈感嗎？作品的主要脈絡和方向是什麼？

簡墨：從不依靠靈感，我更信任精耕細作和深摯求索。到了這個年紀，會主動打碎靈感，加進一些厚重的東西，會更結實，像水泥裡加進鋼筋。

有時會覺得我真正的寫作還沒開始——寫「藝術散文（評論家對我這類作品的定義）」，其實蠻難的：要動真感情，還要駁雜的案頭研讀，歸納思辨，工作量極大。拋開一切學問和學養羈絆的，先前我寫得不多，得了獎，被廣為傳播，簽售時還有不少讀者打聽它們收錄在哪裡，能否買到，讓我堅定了這個寫法。小說要寫。多年前，就有幾十個素材被我記下來，並用大感嘆號加在題目的後面。如今，每每看見，想想那些大筆記本上龍飛鳳舞的梗概，還會心潮澎湃，恨不得馬上動筆一吐為快。然而事情還是要一件一件做，不能急。急事須慢做。

記者：您認為文學的最高境界是什麼？

簡墨：我認為的文學藝術最高境界是天真自然，天真自然是吾師。這包含兩層含義：一、天真自然的狀態：立意深入，表達卻淺出，要求文字樸素下來，類似於書法裡講的「純稚」，是很難的，普通讀者會看著率性簡直，豈不知大道至簡，「天真自然」

非大匠所不能為——看看齊白石先生的散文會明白的；二、向自然萬物學習：人只有謙卑下來，才能發現美，也才有了一點高貴的可能。

人一旦靜下來，聲音反而會多起來，本來細微如絲線的風聲、雨聲和市聲，可以更清楚地進入耳朵，同時會發現心裡面新鮮的思潮情緒不斷浮現。所以說，靜並不是空，而是騰空自己，放下一切，在澄懷觀道的心靈狀態中，能看到本來看不到的和平時視而不見的，感受到原本感受不到的，想到平常想不到的角度與內容……觀察變得敏銳，在最平凡中可以有新的發現和洞見，裝一大車來，落紙便成雲煙。這對於一個藝術家來說，實在是有如天賜。

而真正持久的東西本質上應該是靜的，動是爆發力，轉瞬即逝，靜才是永久的。就書法而言，總體來說，動得勢，但形式應該是靜的。靜則古，靜則守勢，循序漸進，有條不紊，是真正的學書之道。作書靜，就有了隱忍，不出誇張之筆，但一定字字飛動，宕逸之氣充盈，也才能寫出真正的上品。

（本文為報刊專訪）

用「尋根之旅」抗擊「精神鴉片」

若問誰是近年最熱門、最有成就的作家，我想非簡墨莫屬。這三年時間，她以驚人的質和量，出版新書十五部，獲獎無數，被評論家評為「簡墨奇蹟」，有專家甚至開始探討「簡墨現象」……帶著一肚子問題，記者近日近距離訪談了這位頗具傳奇色彩的女才子。

對消費時代逆流而上的反叛

近年召開的「簡墨作品研討會」，專家學者齊聚一堂，深入探討簡墨散文藝術，對其文學成就進行了高度肯定。數十家新聞媒體，報刊雜誌等等也刊出大幅報導和評論文章：「簡墨將沉靜、深微的生命體驗融於廣博的知識背景，在自然、文化和人生之間，穿梭自由。尤其值得稱道的是其語言，豐贍明澈，充滿張力，展示了中文的綿密和純粹。」「簡墨的寫作是對消費時代逆流而上的反叛，裡面既有作家對美好事物的守護，也有對歷史責任的擔當。」

心靈的縱情歌唱

簡墨散文被讀者譽為「心靈的縱情歌唱」。這簡單的七個字凝結著她大量的才華和心血。簡墨說她是為心靈而寫作，為擁有相似心靈的人們而寫作。她強調：「無論從事什麼，都仰賴『堅持』二字。堅持真理——真理就是你對你所做之事的信仰，要深敬不疑，以此為大。毀與譽都不能動這個心。能寫就行，文學之外的事我不在乎。」

幾乎每天都在超時工作

寫作中，簡墨遇到過不少困難，譬如生存和寫作的純粹性發生衝突，她也是糾結的，但略徬徨，便羞愧自責，咬牙堅持下去。簡墨的勤奮驚人：她每天早上五點鐘開始，不午休，幾乎是超時工作，多年如此。她說「習慣了」。簡墨所言的「工作」包括讀書、思悟，更包括觀察、研究所寫對象，與之相處。「要發出內心深處的聲音，憑空捏造或弄個套路朝裡『填鴨』是不行的，」她說，「我的原則是：不感動，不動筆；感動了，還要沉澱再沉澱，直到按壓不住，噴薄欲出，才寫下來。寫得很慢，但每天都做，功課做得苦、做得紮實，落筆只是剎那。」

簡墨將寫作看作一生摯愛。「每天早上，我都在盼望這種勞動的開始，時間一到，就會撲向它。我覺得沒有比這項工作更有意思的事情了——創造一個世界。這個世界為你所獨有又被你捧獻他人，施惠於他人。而幾乎所有的宗教都認為利他是幸福之源……」她在馳騁縱橫，她在流淚輾轉。正是由於熱愛、勤奮、牽掛……這些簡墨創作的關鍵字，才有了她今天為人矚目的成就。

用「尋根之旅」抗擊「精神鴉片」

自幼背了上千首詩；到了一定年紀，越來越感激父母。簡墨的作品渾然天成，思想深遠，它迥異於當代的記憶碎片，不啻一次漫長的「尋根之旅」。當記者問起，她是否擔心3C時代人們缺乏閱讀的耐心這個問題時，得到的回答是：「不擔心。」簡墨的知音越來越多，從最初的幾百，到後來的三、五千，到現在的兩萬三萬……逐步遞增。就像她在後記裡最後寫的：「它們勢必有自己安妥的歸宿，我們只是通道，奔赴在傳播福音的路上。」

那些占據人們時間、精力的社群軟體，不能說對人沒好處——資訊傳播快，量也大。可是，如果完全依賴那些「速食」，缺乏營養，還多有貽害。「就像吸食鴉片，」

簡墨說，「在大眾場所，放眼望去，沒幾個不在玩手機，讀書的人成了異類。這很可怕。」

說到傳統文化，人人都飽受它的恩澤。簡墨自幼經父母教導，背了上千首詩，練習書畫幾十年，不少人知曉這一點，卻不明白她到底由此得到了什麼更重要的東西。「小時候不覺得怎樣，但到了一定年紀，越來越感激父母。舉個例子吧：我到山上，坐在山頂，長風吹拂，就覺得寫過這座山的所有人都在那裡了，和我在一起——所有的相關的詩句都來了，神性也來了。山美得不得了，一切都鮮活生動，時間凝固，歷史也不再遙不可及，人和人在交會，空氣中也飄著香氣……那種情形屢屢出現，叫我眼中常有淚水——是幸福啊。」簡墨的眼神溫柔而深遠。

她認為，傳統文化幫我們找到歸屬感、認同感和清晰恰當的自我定位。它的意義也遠不是叫人不食人間煙火。相反，它引領人們更加深入人間，更加熱愛這個悲喜交加的世間，熱愛生命。它們於時代、於現實生活是十分切近而有「大用」的。

簡樸生活與詩性寫作

簡墨善於從生活中發現詩意，她的親情散文詩意盎然，撼動人心。而她一直崇尚簡樸生活，低調安靜，文學人常見的喧譁與騷動從來驚擾不了她。含蓄，繁複，慈悲，溫暖，她的生活與她的創作態度是一致的。簡樸生活與詩性寫作是簡墨的兩隻有力翅膀，帶動了她的高飛。

簡墨近年為高校師生做了幾十場演講或講座。每次的課堂提問，簡墨都會感受到學生們的熱情和無助。她說：「你做了一點點事情，他們就那麼信任你、依賴你，愛你。這叫人感動。」在一次朗讀會上，有個研究生女孩在簽名後，張開手臂：「簡墨老師，抱抱」；而在「抱抱」後，女孩又趴在桌子上，寫了一封信給簡墨，情真意切。很多年輕書迷寫信，郵寄食品、補品、書籍、自己刻的印章給她，家人擔心食物的安全性想丟掉，簡墨卻怕褻瀆了讀者的心意而全然珍視……這些來自陌生朋友的友情，叫她更堅定了自己寫作的初衷。

（本文為報刊專訪，原題為〈大獎與巨著背後的簡墨〉）

電子書購買

國家圖書館出版品預行編目資料

止於至善：存一點光明在心中 / 簡墨編著 . -- 第一版 . -- 臺北市：崧燁文化事業有限公司, 2022.10
面；　公分
POD 版
ISBN 978-626-332-775-7(平裝)
855　　111014983

止於至善：存一點光明在心中

臉書

編　　著：簡墨
發 行 人：黃振庭
出 版 者：崧燁文化事業有限公司
發 行 者：崧燁文化事業有限公司
E-mail：sonbookservice@gmail.com
粉 絲 頁：https://www.facebook.com/sonbookss/
網　　址：https://sonbook.net/
地　　址：台北市中正區重慶南路一段六十一號八樓 815 室
Rm. 815, 8F., No.61, Sec. 1, Chongqing S. Rd., Zhongzheng Dist., Taipei City 100, Taiwan
電　　話：(02) 2370-3310　　　**傳　　真**：(02) 2388-1990
印　　刷：京峯彩色印刷有限公司（京峰數位）
律師顧問：廣華律師事務所 張珮琦律師

定　　價：375 元
發行日期：2022 年 10 月第一版
◎本書以 POD 印製